Bianca

LA MUJER MISTERIOSA

Rachael Thomas

HARLEQUIN™

Editado por Harlequin Ibérica.
Una división de HarperCollins Ibérica, S.A.
Núñez de Balboa, 56
28001 Madrid

© 2018 Rachael Thomas
© 2019 Harlequin Ibérica, una división de HarperCollins Ibérica, S.A.
La mujer misteriosa, n.º 2714 - 24.7.19
Título original: A Ring to Claim His Legacy
Publicada originalmente por Harlequin Enterprises, Ltd.

I.S.B.N.: 978-84-1328-121-6
Depósito legal: M-17726-2019
Impreso en España por: BLACK PRINT
Fecha impresion para Argentina: 20.1.20
Distribuidor exclusivo para España: LOGISTA
Distribuidor para México: Distibuidora Intermex, S.A. de C.V.
Distribuidores para Argentina: Interior, DGP, S.A. Alvarado 2118.
Cap. Fed./Buenos Aires y Gran Buenos Aires, VACCARO HNOS.

MIXTO
Papel procedente de fuentes responsables
FSC www.fsc.org
FSC® C108412

Este libro ha sido impreso con papel procedente de fuentes certificadas según el estándar FSC, para asegurar una gestión responsable de los bosques.

Capítulo 1

MARCO Silviano centró su atención en la mujer rubia y esbelta que acababa de pedir champán para compartir con su amiga. Incluso su voz era increíblemente sexy y el vestido azul brillante que llevaba y que resplandecía con las luces del bar resultaba muy seductor y, provocaba que se intensificara la reacción de su cuerpo al verla.

Él llamó a la camarera con un leve movimiento de la mano:

—Dígales a las chicas que el champán corre de mi cuenta.

—Sí, señor. ¿De parte de quién digo? —preguntó la camarera del resort de lujo de la isla.

Era la última adquisición que había hecho para su empresa Silviano Leisure Group, y él estaba allí para asegurarse de que todo se hacía tal y como él deseaba. La experiencia le había enseñado que era mejor no revelar su verdadera identidad a su llegada, sino más tarde después de haber probado todo como si fuera un huésped de verdad.

—De parte de Marco —dijo él, sin dar su apellido.

Él observó mientras la camarera les daba el mensaje a las mujeres. Ambas se volvieron para mirarlo, pero fue la mujer rubia la que le llamó la atención.

Marco la miró fijamente y algo indescriptible se generó entre ellos. Él respiró hondo, asombrado. Nunca le había sucedido algo así. Jamás había experimentado la sensación de que el resto del mundo desaparecía excepto la persona a la que estaba mirando.

Se recuperó rápidamente y, con su encanto habitual, levantó su copa hacia ellas. Apenas se percató de que la amiga de la mujer rubia levantó la copa para darle las gracias y le dijo algo a la mujer que todavía seguía mirándolo. Era evidente que la mujer rubia estaba tan asombrada como él por lo que acababa de suceder. La amiga desapareció de su vista. Lo único que podía ver era a la mujer rubia cuya melena ondulada caía sobre sus hombros y descansaba sobre sus pechos.

Ella sonrió y levantó la copa hacia él. Debería haber sido un gesto inocente, pero, por algún motivo, fue tremendamente erótico. Provocativo. Marco sintió un fuerte calor en la entrepierna y, al instante, la promesa que le había hecho a sus padres acerca de que se casaría con una buena chica y sentaría la cabeza, se desvaneció.

Estaría allí una semana haciéndose pasar por un huésped. La excusa perfecta para escapar de las exigencias de una familia de la que nunca se había sentido parte. Habían pasado muchas cosas en los últimos tiempos y su familia había vuelto a preguntarle de manera insistente cuándo pensaba casarse. Esto había provocado que él se marchara de las oficinas que Silviano Leisure Group tenía en Nueva York para poder escapar del interrogatorio familiar.

El ataque al corazón que había sufrido su padre

había provocado que salieran a la luz grandes secretos familiares, y cada vez que él había tratado de seguir con su vida, las expectativas de su padre lo perseguían. Su deber era proporcionar al siguiente heredero de la familia Silviano, y su padre quería que fuese un niño.

Bianca, su única hermana, no podía tener hijos, así que él era el único capaz de tener un heredero que se quedara con todo lo que su abuelo había creado cuando emigró de Italia a Nueva York.

Quizá un poco de coqueteo con aquella rubia era justo lo que necesitaba para distraerse. Después de todo, todavía no estaba casado, y evitaría estarlo todo lo posible. Al pensar en coquetear con aquella rubia atractiva, se le aceleró el pulso. ¿Y por qué no? Estaría alejado de Nueva York una semana. Alejado de la presión a la que le sometía la familia. Pronto regresaría a la realidad, pero por el momento tenía elecciones más importantes que hacer.

Se levantó del taburete y se acercó a las mujeres. La mujer rubia y de ojos azules lo miró y se mordió el labio inferior. Era como si bajo su sexy coqueteo, no estuviera acostumbrada a hacerlo. ¿Sería que la belleza de la isla y estar alejada de casa provocaba que hiciera cosas que no haría normalmente? ¿O era la innegable atracción que ambos habían sentido con tan solo mirarse? En cualquier caso, era un cóctel embriagador. Uno que él estaba dispuesto aprobar.

—Gracias por el champán —dijo la amiga mientras se movía para colocarse detrás de la mujer rubia, y forzando la situación para que él quedara junto a ella.

–Sí, gracias.

Él no esperaba que ella hablara con tono suave y dubitativo. Era algo que no pegaba con el vestido atrevido que mostraba las curvas de su cuerpo y provocaba que deseara abrazarla contra él, antes de quitarle la prenda de seda azul y descubrir el placer que prometía su cuerpo sexy.

–El placer es mío –dijo él, y se inclinó sobre la barra sin dejar de mirarla a los ojos. Era como sumergirse en el océano y bucear a lo más profundo. Casi podía sentir el agua en su cuerpo. Él pestañeó. ¿Qué le pasaba? Había pasado demasiado tiempo con su hermana durante las últimas semanas. Ella siempre le repetía que algún día conocería a la mujer adecuada, se enamoraría y tendrían el hijo que la familia necesitaba.

La idea de formar su propia familia le resultaba extraña. Marco vivía la vida a tope, y le gustaba la pasión de los nuevos encuentros. No quería el confort de una familia cuando a él le había costado encajar en la suya. Y en cuanto al amor, que era lo que su hermana siempre le decía que algún día encontraría, era un tema prohibido. Tras descubrir el secreto de su madre, la explicación de por qué nunca había sido capaz de ganarse el amor de su padre, él no quería saber nada de ninguna clase de amor. De pequeño había recibido muy poco y siempre había pensado que no lo merecía. De adulto, no tenía ninguna intención de enamorarse.

La mujer rubia sonrió y él sintió que una ola de calor lo invadía por dentro.

–Esta es Julie Masters y yo soy Imogen… –hizo

una pausa, como si no quisiera desvelar su verdadera identidad–. Solo Imogen.

–Estas muy bella esta noche, *solo* Imogen... –sonrió él, consciente de que sus encantos estaban teniendo el efecto habitual y de que necesitaba anticipar el resultado del encuentro–. Me llamo Marco.

Imogen pestañeó con timidez, algo que no concordaba con el vestido atrevido que llevaba. Sin embargo, segundos después lo miró con tranquilidad.

–Hola, Marco –su voz se había vuelto sexy, provocando que él ardiera de deseo.

–¿Y a estas encantadoras mujeres les está gustando la isla? –preguntó él.

–Es impresionante –dijo Imogen con entusiasmo–. Llegamos anoche, pero ya me he enamorado de lugar.

–Es divino –dijo Julie, antes de beber un sorbo de champán.

Él no esperaba comentarios mejores. Le había gustado todo lo que había visto desde su llegada, pero oír que la isla y sus empleados agradaban a los huéspedes era más que satisfactorio.

–¿De dónde sois?

–De Londres –Julie contestó enseguida–. Nuestro padre nos dijo que nos fuéramos de vacaciones a algún lugar soleado, así que, aquí estamos.

–¿Sois hermanas? –Marco miró a Imogen y después a Julie. Una era rubia, la otra morena.

–Primas –dijo Imogen, y Julie se rio como si fuera una broma.

Él dudó de que fueran primas. Tenía la sensación de que era una broma que no comprendía, pero mientras no impidiera que él e Imogen pudieran explorar la atracción que había surgido entre ambos, no le importaba.

Imogen se volvió hacia Julie y la miró, pero el no pudo descifrar si era una mirada de advertencia, sorpresa o disgusto. Después, Imogen lo miró de nuevo con una sonrisa y picardía en la mirada. Eso provocó que la atracción que sentía por ella fuera todavía más fuerte.

–Y solo hemos venido por una semana.

–Así que será mejor que la aprovechéis al máximo –dijo él y se percató de que ella se sonrojaba, y de que Imogen bajaba la mirada hacia la copa.

–Justo lo que yo decía –Julie se rio y añadió–: Así que, si me disculpas, voy a ponerme a ello.

Imogen levantó la cabeza y miró a Marco un instante antes de mirar a Julie.

–¿En serio?

–Sí –Julie se rio y se retiró hacia atrás–. Marco te hará compañía, estoy segura.

Marco sabía muy bien lo que pasaba. Julie se había percatado de la situación y de la chispa que había surgido entre ellos. Él volvió a centrar su atención en Imogen. Le gustaba su timidez y, sorprendentemente, le gustaba la idea de cortejar a una mujer bella. Estaba acostumbrado a que las mujeres cayeran a sus pies, o en su cama. Ese era uno de los aspectos negativos que tenía ser rico. Las mujeres no se fijaban en él, sino en lo que él podía ofrecerles. Imogen parecía indiferente a todo aquello, a pesar del vestido de diseño que llevaba. Él tenía la sensación de que ese tipo de cosa era más típico de su prima que de ella.

–Siento lo que ha pasado –dijo Imogen con timidez.

Esa semana prometía ser mucho más interesante de lo que él había anticipado. La bella Imogen era el antídoto que él necesitaba antes de regresar a Nueva York y afrontar las consecuencias. Quizá incluso llegaba a hacer lo impensable y apagaba el teléfono durante un día o dos. No estaba dispuesto a darle la espalda a la atracción que había surgido entre ellos. Estaba dispuesto a permitir que la atracción se desencadenara con naturalidad, algo que nunca había permitido antes. La idea de que la relación siguiera su curso antes de mantener sexo apasionado hacía que la deseara aún más. Iba a disfrutar de aquello.

–No tengo inconveniente en hacerte compañía –dijo él, y se perdió en la mirada de sus ojos azules–. Tenemos una botella de champán y toda la noche por delante. ¿Qué más podría hacer que fuera perfecto?

Su tímida sonrisa provocó que a él se le entrecortara la respiración por una vez en la vida. Sentía que bajo su sonrisa coqueta y el vestido sexy que llevaba, Imogen parecía diferente a cualquier mujer con las que había tenido una aventura. Le gustaba la idea de tener que esforzarse por ella, cortejarla para poder llevársela a ala cama. Era algo que nunca había tenido que hacer antes.

–No voy a beberme la botella yo sola. Ahora que Julie se ha marchado –sonrió Imogen–. No estoy acostumbrada a beber. Se me sube a la cabeza.

Él frunció el ceño. Sin duda una mujer de la alta sociedad que acostumbraba a ir a fiestas y a eventos donde había comida y bebida, estaría acostumbrada a beber champán. Decidió no pensar en ello y dijo:

–Entonces, iremos despacio.

Ella lo miró y se colocó un mechón de pelo detrás de la oreja. No era un gesto de coqueteo, sino de timidez. Si de veras no estaba acostumbrada a recibir atención masculina, tendría que abandonar su rutina de seducción.

–Eso me gustaría –dijo ella, con una encantadora sonrisa.

Marco dejó el vaso de brandy a un lado y, después, le pidió al camarero que les llevara el champán y unas copas limpias.

–¿Quieres que nos pongamos en un sitio más cómodo? –le preguntó a Imogen–. ¿Un lugar con más privacidad?

Durante un momento, Imogen puso expresión de pánico, pero después se encogió de hombros. Marco no pudo evitar preguntarse si no mantendría una relación con otro hombre. No veía motivos para que un hombre no quisiera estar a su lado, y él no estaba dispuesto a tener una aventura con una mujer comprometida o casada.

–Sí, es una buena idea –susurró ella, y él notó que su deseo se intensificaba.

Marco colocó la mano sobre la espalda de Imogen y la guio hasta una zona del restaurante con más privacidad.

–Espero no estar metiéndome en terreno de otra persona –sacó una silla y se la ofreció a ella, mientras el camarero llevaba la cubitera y las copas. Marco negó con la cabeza al ver que se disponía a servirlo.

Imogen frunció el ceño.

–¿En terreno de otra persona?

Él se fijó en su mano izquierda. No llevaba anillo de boda.

–Sin duda, una mujer tan bella como tú ha de tener un novio o un prometido en Londres.

Imogen trató de contener el dolor punzante que sintió al oír la palabra prometido, pero no era culpa de ese hombre que Gavin la hubiera abandonado una semana antes de la boda. Ni de que Gavin se hubiera casado poco después con otra mujer después de decir que el matrimonio no era para él y que solo había aceptado porque su familia lo había presionado.

–No tengo novio ni prometido –dijo ella, tratando de mostrar naturalidad mientras observaba como él servía el champán.

La luz reflejaba sobre su cabello oscuro y su piel bronceada indicaba que era de descendencia mediterránea. Él levantó la vista y la miró, provocando que se sonrojara al ver que la había pillado mirándolo.

Marco le entregó una copa de champán y ella supo que aquel era un hombre que no llevaba la misma vida que ella. Todo él denotaba riqueza y poder. Era de otro círculo social. Imogen no sabía por qué estaba haciendo aquello, porque le había hecho caso a Julie y se había dejado llevar por la fantasía de una isla a la que las habían enviado de forma inesperada como parte de su trabajo.

Tampoco sabía por qué estaba sentada en una mesa con el hombre más sexy del bar. Su cuerpo atlético destacaba entre todos los hombres ricos que había en el restaurante, y ella había tratado de no mirarlo.

«Los hombres suelen preferir a Julie, que es más alta y delgada que yo», pensó. Al instante se reprendió en silencio. Quizá Gavin había mellado la confianza que tenía en sí misma, pero no iba a permitir que la angustia provocada por las burlas que había sufrido en la adolescencia se apoderara de ella.

Aceptó la copa que él le ofrecía y supo que Julie estaba detrás de todo aquello. Había sido su idea que emplearan el tiempo que iban a pasar en el resort de lujo para escapar de su aburrida rutina diaria. Su empresa, Bespoke Luxury Travel, las había enviado a la isla tropical de Silviano Leisure Group para probar las vacaciones de lujo que la empresa podía ofrecer a sus clientes. Julie había insistido en que iban a disfrutar al máximo como esos clientes ricos y probarlo todo.

Imogen no esperaba que un hombre como Marco formara parte de ese plan. Él era muy diferente a todos los hombres que había conocido. Parecía muy centrado en lo que deseaba y era evidente que, en aquellos momentos, lo que deseaba era ella. Actuar como una mujer coqueta y animada no era su estilo, pero la sugerencia que le había hecho Julie acerca de que para superar el hecho de que Gavin la hubiera traicionado el año anterior necesitaba una aventura llena de pasión, había quedado grabada en su cabeza. Imogen se sentía contenta con su cuerpo menudo y con curvas y quería demostrárselo a Julie.

No era extraño que Julie hubiera forzado que se quedara con Marco. Él era el tipo de hombre que se consideraba un playboy: rico, atractivo y mortalmente encantador. Imogen esbozó una sonrisa. Seguiría el juego, aceptaría el reto que Julie le había propuesto. Esa semana iba a ser una Imogen distinta y sacaría el máximo provecho de aquella noche. Aunque solo fuera por unas horas, viviría el momento como si nada más importara. Era su momento y ¿qué persona mejor para compartirlo que un hombre como Marco?

–Me sorprende que una bella mujer como tú esté sola esta noche, pero me alegro por ello –la voz sexy de Marco la sacó de sus pensamientos.

Imogen notó que se le aceleraba el corazón y un revoloteo en el vientre. Ya se sentía mareada y apenas había bebido champán. ¿De veras podía ser la mujer que Marco deseaba?

–A mí también –intentó recordar todo lo que Julie le había contado durante el vuelo. Los consejos acerca de que debía olvidar que aquel canalla la había abandonado justo antes de llegar al altar, y vivir de nuevo. Julie le había hecho prometer que la próxima vez que un hombre mostrara interés por ella, ella se olvidaría del pasado y disfrutaría del momento. No pensaría en el futuro y tampoco en el único hombre con el que había mantenido una relación.

Sonrió al recordar lo insistente que había sido Julie, así que, decidió que le demostraría que estaba avanzando.

–Estás sonriendo –dijo Marco, mientras le entregaba una copa de champán.

–¿Por qué no voy a sonreír? Estoy en un sitio pre-

cioso con una compañía agradable –trató de coquetear, pero se sintió incómoda.

Igual que con aquel vestido de seda que se pegaba
a cada curva de su cuerpo. La abertura delantera
mostraba sus piernas cada vez que daba un paso. Era
un vestido que la mostraba de una manera completamente distinta.

«Muy seductora», recordó lo que Julie había dicho cuando ella se probó el vestido que se encontraba entre el vestuario que les habían proporcionado
para probar el resort de lujo y pasar desapercibidas.
Era una prenda que ella no podía permitirse, y no
quería imaginar cuánto había podido costar.

–¿Solo agradable? –bromeó él, y bebió un sorbo
de champán sin dejar de mirarla.

Ella se estremeció y lo observó. Su aspecto era el
de los hombres de los países mediterráneos, pero su
acento era norteamericano. Mientras él esperaba su
respuesta, arqueó las cejas y la miró.

–Está bien –se rio ella–, pero quizá te alimente
mucho el ego. Estoy en un lugar precioso y en compañía de un hombre atractivo.

–Eso está mucho mejor –se rio él–. Así que, *solo*
Imogen, ¿qué es lo que haces en Londres?

Imogen estuvo a punto de atragantarse con el champán al oír su pregunta. Pensó en algo adecuado que
decir. No podía contarle que era una oficinista que vivía
al día a un hombre que exudaba riqueza por los poros.
¿Para qué estropear la magia del momento? ¿Por qué
no vivir el sueño y crear una vida para sí misma?

–Trabajo de asistente personal –ella bebió un
poco de champán y dejó la copa–. ¿Y tú?

–Yo trabajo en la industria del ocio.

–¿En los Estados Unidos?

Él se rio. Su risa era tan sexy que ella sintió que una ola de deseo la invadía por dentro.

–¿Es tan evidente?

–Un poco, pero pareces un hombre de algún país mediterráneo.

–Mi familia es originaria de Sicilia. Mi abuelo emigró a Nueva York con mi abuela. Estaban recién casados y querían comenzar una nueva vida –él sonrió y ella supuso que debía de haber estado unido a sus abuelos. Al parecer, la familia era algo importante para él, y recordaba a sus abuelos con el mismo cariño con el que ella recordaba a los suyos. Tratando de que su vida no interfiriera en aquel momento, intentó no pensar en ello y esperó a que él continuara.

–Abrieron un café y vivieron allí toda su vida.

–Es muy romántico –dijo ella, sin pensar. Sin embargo, a juzgar por la expresión del rostro de Marco, él no opinaba lo mismo. Su primera opinión acerca de aquel hombre fue que era de esos que no quería sentar la cabeza, que no se comprometía en las relaciones, que no le gustaba el romanticismo y que nunca empleaba la palabra amor.

–¿Eres romántica?

Ella se rio y se inclinó hacia delante para agarrar la copa, consciente de que él no dejaba de mirarla y de que su vestido no cubría demasiado su cuerpo. A Julie le habría quedado mucho mejor, puesto que era más delgada, pero ella había insistido en que era perfecto para Imogen. Ella se había negado incluso a probárselo, recordándole a Imogen que le había prometido que no permitiría que los comentarios crueles que Gavin había hecho sobre su figura no dañarían la confianza que ella tenía en su aspecto desde que había superado el acoso al que le sometieron en el colegio.

–¿No lo es todo el mundo? Una historia como esa es romántica –bebió otro sorbo de champán–. ¿No te lo parece?

–No –fue tan tajante que ella casi sintió lástima por él, pero entonces recordó dónde había llegado gracias al romanticismo… Abandonada durante la última prueba del vestido de novia. Quizá ese hombre tuviera razón, o quizá no. En cualquier caso, ella se divertía bromeando con él. No se había sentido tan despreocupada desde hacía mucho tiempo.

–Mira este lugar. Todo es romántico –estiró los brazos con las palmas hacia arriba y miró las mesas iluminadas con velas, la barra con luz tenue, el jardín donde se encontraban, iluminado con luces que asemejaban el brillo de las estrellas.

–Está bien, me rindo –se rio él, provocando que ella se derritiera por dentro.

–¿De veras? –bromeó Imogen, riéndose como si lo conociera desde hacía años y no desde hacía unas horas.

Marco asintió.

–Quizá esta isla sea un lugar romántico.

Ella se rio, consciente de que él la miraba fijamente.

–Ahora estás mostrando tu lado italiano.

Él se acercó una pizca a ella.

–¿Y te gusta?

El juego se estaba volviendo peligroso, pero por algún motivo, ella no quería parar. Quizá fuera culpa del champán.

–Sí. Mucho más que tu lado de ejecutivo neoyorquino.

–Uf –levantó la copa hacia ella–. En ese caso, brindo por un encuentro romántico con una bella mujer en esta isla.

Nadie le había dicho jamás que era bella. En el colegio se habían metido con ella por su peso y durante la adolescencia su madre siempre la había llamado *gordita*, con buena intención, pero destruyendo la poca confianza que tenía en sí misma. Ella nunca había conseguido ser tan delgada como sus primas. Y harta de sentir lástima de sí misma, decidió aceptarse como era y consiguió que la larga amistad que tenía con Gavin se convirtiera en una relación. Él había sido su primer novio y se había convertido en todo para ella. Sin embargo, aunque habían sido pareja durante dos años y se habían comprometido, él nunca le había dicho que era bella. Y por mucho que ella había tratado de que eso no mellara su confianza en sí misma, lo había hecho, especialmente cuando el compromiso se rompió.

–Por el romanticismo del momento –brindó ella con una sonrisa, y observó cómo él arqueaba las cejas.

Después, sin dejar de mirarla, él bebió un sorbo de champán. Ella casi podía sentir que él la deseaba, y oír el susurro de sus palabras entre la brisa de la noche.

La música del local era perfecta para un baile lento con alguien especial. Ella sonrió con tristeza.

Hacía mucho tiempo que no bailaba con un hombre.
Gavin había dejado de acompañarla allí donde tuvie-
ran que bailar, y solo la acompañaba a las citas con
la familia. Ella debería haberse dado cuenta de que él
no la quería, y de que solo estaba con ella para cumplir con las expectativas familiares. No obstante, había estado cegada por el sueño de la felicidad eterna.
Nunca volvería a ser tan tonta.

—¿Te apetece bailar? —Marco se puso en pie y le
tendió la mano.

—Pero… —ella tartamudeó mientras los pensamientos se agolpaban en su mente. ¿Qué sentiría al
darle la mano o al estar entre sus brazos? Una ola de
calor se apoderó de ella, advirtiéndole de que aquel
hombre no le resultaba indiferente.

—Aprovechemos al máximo este encuentro romántico, esta escapada de la realidad —dijo Marco,
mientras ella se ponía en pie y se acercaba a él.

—¿Cómo podría negarme?

Él la abrazó y la miró de una manera que provocó
que ella ardiera de deseo.

—Entonces —dijo él con un susurro—. ¿Estás aquí
para escapar de algo, Imogen?

—¿Tú no?

—En realidad, sí —la rodeó por la cintura.

—Entonces escaparemos juntos —las palabras salieron fácilmente de sus labios y no tenía que ver con
el champán, sino con el hombre que se movía despacio al ritmo de la música. Con cada movimiento, ella
se hacía consciente del cuerpo musculoso que se
ocultaba bajo el esmoquin. Aquel instante parecía un
sueño del que no quería despertar.

–Es lo mismo que opino yo.

Ella dejó de bailar y lo miró. En su vida se había sentido tan frágil y delicada. No era por la altura de Marco. Era por su manera de agarrarla. Por su manera de mirarla. Él hacía que se sintiera viva, sexy y deseada. Él la hacía sentirse bella.

Marco no era consciente de que habían dejado de bailar. Estaba tan centrado en Imogen que apenas podía pensar. Se sentía bien con ella entre los brazos. Y era extraño, pero sentía que encajaba con él como ninguna otra mujer había encajado. Blasfemó en silencio. Aquel juego empezaba a afectarle demasiado. Debía besarla y llevarla a la cama para quitársela de la cabeza.

Tenía toda la semana por delante para saborear a aquella bella mujer, para ser el hombre que quizá habría querido ser si su madre no le hubiera ocultado un hecho muy importante sobre su padre. Dejó de pensar en ello. Era un momento para escapar. Seguiría el ejemplo de Imogen. Una semana de su vida para ser *solo* Marco.

Imogen lo miró con sus grandes ojos azules de mirada inocente. Con cada respiración, sus senos subían y bajaban, suplicando que los acariciaran. Si él la abrazaba en aquellos momentos, ella se daría cuenta de cuánto la deseaba, sin embargo, había algo que hacía que Marco se contuviera. No sabía por qué, pero a pesar del intenso deseo que había sentido por ella en el bar, no deseaba besarla... Al menos en ese instante.

Imogen se movió entre sus brazos y se acercó a él. Estaba tan cerca que era imposible que no se percatara del efecto que tenía sobre él. Al ver que ella inclinaba la cabeza para no mirarlo, Marco suspiró. Deseaba sujetarla por la barbilla, mirarla a los ojos y besarla. Ella lo miró, como si supiera lo que deseaba, lo que necesitaba. Él consiguió contenerse y, por algún milagro, solo la besó levemente en los labios.

Era suficiente. La llama de la pasión se había encendido. Solo era cuestión de cuánto tiempo durara la llama antes de la inevitable explosión. Normalmente, al besar a una mujer lo que buscaba era sentir gratificación instantánea para no tener que adentrarse en el mundo emocional, pero con Imogen era diferente. Aquel lugar era diferente. En un intento de escapar de su familia, de su realidad, él era diferente.

Si se comportaba como siempre, sabía que en cuanto besara a una mujer de forma apasionada, ella terminaría en su cama esa misma noche. Sin embargo, por primera vez deseaba saborear el momento y disfrutar de la ilusión de besarla con delicadeza, de acariciarle el cuerpo y de finalmente hacerle el amor.

Estaría una semana en la isla, igual que ella. ¿Cómo sería hacer que el momento durara tanto? ¿Cómo sería cortejarla antes de llegar al inevitable final? Al parecer, la conversación sobre el romanticismo que había tenido con Imogen le había hecho efecto.

–¿Estás ocupada mañana? –susurró él, retirándose una pizca para no besarla de nuevo. Era tan sexy que casi no lo podía soportar. No tenía idea de cómo conseguía contenerse, pero era lo que necesitaba.

–No –susurró ella, dejando claro que lo deseaba

tanto como él a ella, que también se enfrentaba a la lucha entre la pasión y la contención.

Él sonrió y le rozó los labios con los suyos. Cuando el deseo se apoderó de él, susurró:

—Me gustaría que nuestra escapada durara un poco más y no solo esta noche.

—A mí también me gustaría —ella lo miró y justo cuando él pensaba que no podía soportar más, ella pestañeó y lo besó en los labios con delicadeza. Él la besó también, pero se contuvo para que el beso no se volviera exigente y apasionado. La deseaba en su cama, gimiendo a medida que la pasión los consumía por dentro, pero no esa noche.

El encuentro con las ideas románticas, que siempre había bloqueado durante su vida, había llegado en el momento adecuado. Todo lo demás se estaba derrumbando, amenazando lo que él era en realidad, e Imogen, una bella mujer rubia, había aparecido en su vida. ¿Qué mejor distracción que una mujer que parecía tan decidida a escapar como él?

—Voy a darte las buenas noches —dijo él, y se separó de ella con el cuerpo lleno de deseo insatisfecho. Si quería que aquello durara toda la semana, debía irse. Si no la dejaba marchar, no escaparía realmente de todo lo que él había descubierto que era.

Capítulo 2

IMOGEN estaba sorprendida por la manera en que Marco la hacía sentir y por cómo había deseado que él la besara esa primera noche. Después de haber pasado cinco días maravillosos en su compañía, escapando de la realidad y viviendo el sueño del romanticismo, lo que le sorprendía era que a pesar de que era evidente que había mucha química entre ellos, él no había hecho más que besarla con delicadeza al final de cada día.

Todo su cuerpo anhelaba algo que solo él podía satisfacer. Cada día exploraban la isla y por las noches se comportaban como amantes, pero el hecho de que él no diera un paso más había provocado que afloraran sus viejas inseguridades. ¿De veras le gustaba? ¿La deseaba? Sin duda había algo entre ellos, pero parecía como si la atracción no fuera suficiente par que él diera el siguiente paso, y ella estaba convencida de que él no era el tipo de hombre que se contenía ante sus instintos masculinos. Era un hombre atractivo y sexy que probablemente conocía a muchas mujeres que deseaban que él las besara.

—Veo que has seguido mis instrucciones.

Ella se sobresaltó al oír la voz de Marco en la puerta de la cabaña que compartía con Julie en el resort. Al mirarlo, experimentó de nuevo esa potente atracción.

–Puesto que no me has dicho dónde vamos o para qué, aparte de que es algo que tiene que ver con el mar, ¿qué más podía hacer? –fingió estar indignada y lo miró. Se sentía medio desnuda con el bañador entero de color rojo y el pareo que llevaba, las dos únicas prendas de su vestuario que había llevado durante la semana en la que tenía que fingir una vida de lujo.

–Me impresiona que no seas una de esas mujeres que no quieren ni pensar en meterse en el mar, y mucho menos en mojarse el pelo –la agarró de la mano y la guio hasta la playa–. ¿Qué va a hacer Julie en su último día? Espero que no le importe que te secuestre otra vez.

«Si se quedara conmigo para siempre», pensó Imogen, pero sabía que ella no era su estilo. Al menos, la verdadera Imogen no era su estilo. Ella solo era una mujer con la que pasarlo bien durante la semana. ¿Si no por qué únicamente la había besado al final de cada día?

–Julie está feliz con nuestro trato –le dijo, mientras caminaban por la arena blanca de la playa. Imogen no pensaba contarle que Julie no había regresado a la cabaña la noche anterior–. Ella también está disfrutando de esta semana de desconexión.

Imogen trataba de tomarse la situación con naturalidad. Deseaba disfrutar de su último día con Marco. Al día siguiente, Julie y ella volarían de regreso a Inglaterra y a la rutina de sus vidas y de su trabajo en Bespoke Luxury Travel. Habría terminado su tiempo de desconexión en la romántica isla tropical.

–En ese caso, tenemos todo el día para estar juntos… Excepto durante una cosa extra que he preparado solo para ti. Para nuestra última noche juntos.

Imogen lo miró asombrada. ¿Le había preparado algo para ella? Primero le había dicho que era guapa, y después eso. Si no tenía cuidado perdería el sentido de la realidad y empezaría a soñar con la felicidad eterna que sabía que no existía.

–Estoy intrigada –bromeó ella, y se le agitó la respiración cuando él la agarró de la mano para que se detuviera a mirarlo.

–Soy yo el que está intrigado. Por ti –sus ojos se oscurecieron y él le recolocó un mechón de pelo que se le había escapado de la coleta.

Él iba a besarla, y ella deseaba que lo hiciera. No con uno de los besos delicados que le había dado noche tras noche. Ella deseaba que la besara de verdad.

Marco cerró los ojos y se acercó a ella. La sujetó por la nuca y la atrajo hacia sí. Ella no necesitaba que la persuadieran. Era el último día que podría vivir una vida de lujo. Al día siguiente, Marco pertenecería a un instante fuera de la realidad. Sería un hombre al que nunca volvería a ver. Vivían en dos mundos completamente diferentes.

Marco la besó y ella le correspondió. Un fuerte deseo la invadió por dentro y ella lo abrazó con fuerza, abandonando cualquier tipo de sensatez y deseando calmar el sufrimiento que provocaba tanto deseo.

Él respondió besándola de manera apasionada y abrazándola con fuerza. Ella apenas podía respirar, pero no quería que parara, no quería que el deseo que sentía por aquel hombre se desvaneciera.

Notaba un fuerte calor en la entrepierna, y al sentir su miembro erecto presionando contra su cuerpo, comenzó a mover las caderas tratando de acercarse todavía más a él. Su cuerpo le suplicaba que le hiciera el amor. Nunca había experimentado algo tan poderoso. Su exprometido nunca la había excitado de esa manera, nunca había provocado que se sintiera consumida por el deseo.

—¿Tienes idea de lo que me haces sentir? —preguntó Marco con un susurro de pasión.

—Ahora sí —bromeó ella.

¿Quién era esa mujer? Imogen Fraser nunca sería tan seductora y coqueta. No obstante, ella no era Imogen Fraser. Era *solo* Imogen y ese era su momento. Al día siguiente, todo terminaría y no tenía intención de regresar a casa con ningún tipo de duda en la cabeza.

Él la soltó y dio un paso atrás antes de acariciarle el cabello.

—Imogen… Vas a ser mi perdición.

—Eso es lo que pretendo ser —dijo ella, y se movió hacia él. Le rodeó el cuello con los brazos y lo besó en los labios.

El hecho de que él se contuviera para no gemir hizo que ella se percatara del efecto que tenía sobre él. La deseaba tanto como ella lo deseaba a él.

—¿Ahora? —él la rodeó por la cintura y ella deseó haber sido bastante valiente como para ponerse un bikini. Anhelaba sentir sus manos sobre su cuerpo. Piel contra piel.

—Pero primero… ¿No habías reservado algo para nosotros? —preguntó ella con una gran sonrisa.

—Así es —Marco agradeció el cambio de tema porque corría el peligro de llevarla de vuelta a su cabaña para pasar el día explorando el deseo que había surgido entre ellos de manera explosiva. A pesar de que era lo que deseaba hacer, su plan era esperar para disfrutar de la aventura romántica durante la última noche. El placer que Imogen prometía ofrecer tendría que esperar—. Vamos a salir en ese yate.

Ella se volvió y vio un yate blanco anclado en la bahía.

—Ahora entiendo lo del bañador —dijo con una carcajada contagiosa.

—No solo vamos a salir al mar, sino que vamos a sumergirnos en él. He reservado para bucear en uno de los arrecifes de coral.

Marco se preparó para recibir excusas. Pensaba que ninguna de las mujeres con las que había salido durante los últimos años, habría aceptado nadar en el mar. Lo único que deseaban era tomar el sol. Los bikinis minúsculos no eran para mojarse. El bañador entero que llevaba Imogen resaltaba las curvas de su cuerpo de una manera diferente y provocaba que él pudiera imaginarse lo que sería sentir su cuerpo desnudo bajo las sábanas. Cada vez que la miraba, deseaba más que llegara el final de aquella semana.

Una ola de deseo se apoderó de él. Nunca había esperado tanto para mantener relaciones sexuales con una mujer. Imogen era diferente y, aunque él no tenía intención de descubrir por qué, sí tenía intención de terminar aquella semana romántica con lo que deseaba haber hecho desde el primer momento en que la vio. Aquella noche, pasara lo que pasara, ella sería suya y podría liberar la pasión y él deseo que había contenido durante tantos días.

–Marco, eso es emocionante… Muchas gracias –sus ojos brillaban como el agua del mar. Ella lo miró unos instantes y después bajó la cabeza–. Nadie me ha mimado de esta manera antes.

Una mujer como Imogen debía tener muchos admiradores tratando de impresionarla y de ganarse su afecto. Sus palabras lo sorprendieron.

–Me cuesta creerlo.

Ella lo miró de nuevo.

–Es cierto. Solo he tenido una relación. Duró unos dos años, pero… –se calló, mostrando la inocencia de otras ocasiones.

–Fuese quien fuese, era idiota por dejarte marchar –dijo él, sin pensar que estaba fuera de lugar. Él nunca mostraba sus sentimientos, nunca decía nada que pudiera malinterpretarse a una mujer. Sentar la cabeza nunca había sido parte de su plan de vida y, sin embargo, allí estaba, hablando con Imogen como si compartieran un deseo secreto de estar juntos.

–Él no me dejó marchar –dijo ella, mirándolo–. Él me perdió.

–Entonces, su pérdida es mi ganancia. Y estar aquí me ha permitido encontrarte –dijo él, acariciándole la mejilla con el dorso de la mano.

–Sí, nuestra semana ha sido divertida. Una escapatoria de verdad, y lo único que quiero es disfrutar al máximo de nuestro último día juntos.

Marco experimentó una sensación de calma. Ella estaba diciéndole que una vez se marcharan de la isla, no seguiría buscando nada de él. Era todo lo que él podía esperar, consciente de que cuando regresara a casa se entregaría de nuevo a su trabajo. Cualquier cosa por evitar que su madre le suplicara que se casara y tuviera un descendiente que mantuviera el apellido Silviano por el bien de su padre. Sin embargo, él ya conocía el secreto de su madre. Sabía que el hombre que estaba ingresado en el hospital por una grave dolencia de corazón, el hombre al que nunca había conseguido complacer, no era su padre biológico. Saber que él no era su padre y conocer la identidad de su verdadero padre, debería haber hecho que las cosas fueran más sencillas, pero no era así. Todo se había complicado más que nunca.

—Eso es exactamente lo que quiero —dijo él, tratando de volver al presente. Era su último día con Imogen. La abrazó y la besó con delicadeza—. Lo que quiero es disfrutar de nuestro último día juntos. De nuestra noche final.

Él deseaba estar con ella esa noche y, ella deseaba estar con Marco. No con el ejecutivo que había visto en ciertos momentos durante la semana, sino con el hombre que se había mostrado respetuoso con ella y que no le había forzado a hacer nada. Había sido una aventura romántica, pero ella anhelaba algo de pasión. Deseaba a Marco.

Cuando regresaron al yate, ella decidió que disfrutaría por completo del sueño de estar en aquella isla con Marco. Al día siguiente por la noche, volvería a ser la verdadera Imogen Fraser y la mujer despreocupada que había sido durante la semana solo sería un fragmento de su imaginación. Un recuerdo valioso.

–Ha sido una experiencia maravillosa –dijo ella, pasándose la mano por el cabello mojado. Era consciente de que Marco la observaba mientras se secaba al sol en la cubierta. Su mirada la hacía sentir viva, sexy y llena de confianza en sí misma.

–Eres una mujer muy sexy –la agarró por los muslos para atraerla hacia sí.

Ella permaneció de pie, entre sus piernas, y él se sentó.

Ella lo miró y, al momento, se sintió hechizada por su mirada. ¿De veras pensaba que era sexy?

–Las que son sexy son las chicas delgadas. Son las que les gustan a los hombres.

–Te equivocas –dijo él, y le acarició el muslo–. ¿Tienes idea de lo que provocas en mí?

Ella negó con la cabeza. La timidez que había tratado de ocultar afloró a la superficie, casi impidiendo que disfrutara de lo que mas deseaba. De su momento con Marco.

–Entonces, voy a tener que asegurarme de que lo sepas –la estrechó contra su cuerpo de modo que su boca quedó a la altura de los senos de Imogen.

Ella notó que se le aceleraba el pulso al pensar en cómo sería si se los besara. Él deslizó las manos sobre el lateral de su cintura, casi acariciándole los senos, y la verdadera Imogen amenazó con regresar, casi obligándola a retirarse de su lado.

–Yo… Yo… –tartamudeó ella.

–Esta noche es nuestra última noche juntos y quiero pasarla contigo –le acarició la cintura de nuevo y ella sintió que le flaqueaban las piernas.

–Yo también quiero estar contigo –susurró ella, deseando que le acariciara los pechos y prendiera la llama del deseo antes de que explotara.

–Quiero que esta noche sea como ninguna, así que, he preparado algo especial –sonrió.

–¿Más especial todavía? –el corazón le latía tan deprisa que apenas podía hablar.

–Sí.

–¿Y cómo tengo que vestirme para esa sorpresa? –por suerte consiguió volver a recuperar a *solo* Imogen, y evitar que Imogen Fraser dijera o hiciera algo. Tenía intención de permanecer siendo *solo* Imogen un poco más y disfrutar de la noche con Marco.

–Vístete para cenar.

–En ese caso… –Imogen se retiró porque no se fiaba de lo que podía pasar si seguía entre sus brazos–. He de irme. ¿Tienes idea de cuánto tiempo se tarda en peinar un pelo como el mío?

Él se rio y ella se estremeció.

–He captado el mensaje.

–Bien, porque si quieres que me prepare para la ocasión, tengo que regresar a la cabaña.

–Ya estás preparada para la ocasión, Imogen –dijo muy serio y con mirada de deseo–. Aparece tal y como eres y seré feliz.

–Ten cuidado con lo que deseas, Marco –le dijo, mientras lo apartaba de su lado.

Capítulo 3

MARCO se quedó sin respiración cuando Imogen abrió la puerta de la cabaña para recibirlo. Nada quedaba de la ninfa sexy que había visto aquella tarde, con el cabello mojado alrededor del rostro y luciendo un bañador entero de color rojo. En su lugar estaba la mujer seductora que había llamado su atención en el bar, pidiendo champán.

El fuerte deseo que lo invadió por dentro añadió expectativas a lo que la noche le ofrecería. Esa noche, ella sería suya. Durante una noche más, él disfrutaría de la sensación de evasión y olvidaría la realidad que no tardaría en reaparecer, a juzgar por los mensajes de texto recientes que su hermana le había enviado sobre su padre. Intentó no pensar en ello. Era el momento de perderse una vez más, junto a Imogen.

–Estás preciosa –le dijo con deseo. Y supo, por su mirada, que ella estaba sintiendo lo mismo.

Ella sonrió y colocó la melena sobre su hombro desnudo, excepto por el fino tirante del vestido negro que marcaba las curvas de aquel cuerpo que él estaba deseando explorar. Esa noche irían a su parte privada de la isla y, después de que les sirvieran la cena, se quedarían completamente a solas. Entonces, comenzaría a ofrecerle a Imogen lo que ningún otro hombre le había ofrecido jamás.

–Y tú estás muy atractivo. El esmoquin te queda muy bien.

Aunque ella lo miraba con timidez, se notaba que estaba inquieta por lo que iba a pasar. Ella estaba radiante y él sabía que también notaba el poder de la atracción. Imogen era tan consciente como él de la tensión que había entre ellos, y su conversación en la playa bastó para decirle que ella deseaba que ese momento de evasión fuera especial. Igual que él. Un momento durante el que se perderían por completo el uno en el otro. Un momento para saborear lo que habían encontrado antes de regresar a la realidad.

Marco le agarró la mano y le besó los dedos. Tenía las uñas pintadas de color rojo brillante y su piel delicadamente perfumada. Él nunca había experimentado ese sentimiento de pertenencia.

–Esta noche te daré solo lo mejor –susurró él, mirándola a los ojos.

–¿Otro de tus planes especiales? –preguntó ella, con un brillo en la mirada–. Parece que tienes muchas influencias en esta isla.

Él no pensaba contarle que era el propietario de la isla, y menos cuando había pasado la semana con él solo porque era lo que ambos deseaban. No conocía mucho acerca de ella, pero sí sabía que no era como las chicas mimadas de la alta sociedad que normalmente conocía siendo Marco Silviano, el multimillonario. Ella parecía asombrada con lo que la isla le ofrecía, como si no estuviera acostumbrada a tanto lujo.

Sin embargo, lo que había dicho Julie acerca de que su padre les había sugerido que se tomaran unas vacaciones de lujo, indicaba que ella debía estar acostumbrada a esa vida. Ninguno de los dos había hablado mucho sobre su verdadera vida y, quizá, era lo mejor. Ella permanecería en su memoria, como el antídoto perfecto a la fricción constante entre él y su familia.

—Supongo que sí —sonrió él—. Y para demostrarlo he reservado un sitio especial para nuestra última noche juntos. Hay un trayecto corto en coche.

—Estoy intrigada —se rio, y colocó la mano sobre su brazo.

Él se estremeció y se preguntó si sería capaz de sobrevivir a la cena sin ceder ante el deseo.

—Entonces, vamos —dijo él, y le tendió la mano para ayudarla a subir al coche. Lo único que deseaba era disfrutar de aquella noche y no ser más que Marco disfrutando de la compañía de Imogen. No importaba quiénes fueran en realidad ni cómo fueran sus vidas.

Imogen se acomodó a su lado y miró a su alrededor mientras él conducía el *buggy* por el camino de tierra que llevaba a la parte privada de la isla. A Marco le gustaba tanto ese lugar que durante la reforma había dejado una zona para su uso privado. Su lugar de retiro para aislarse de su familia y de la presión constante para que se convirtiera en lo que él no quería ser.

—¿Y a cuántas mujeres les has ofrecido este trato especial? —su tono era divertido, pero su mirada nerviosa hizo que él se preguntara si no tenía tanta experiencia como le había hecho creer toda la semana.

–A ninguna –él detuvo el vehículo en lo alto de una playa privada donde les esperaba una mesa preparada para dos–. Ahora, si has terminado con las preguntas, aquí está la mesa donde disfrutaremos de la cena mientras se pone el sol.

–Es precioso –susurró Imogen, mientras se colocaba a su lado para contemplar el camino de lucecitas que los llevaba hasta la mesa.

El sol comenzaba a ocultarse en el horizonte cuando él la agarró de la mano.

–Quiero que esta noche sea especial. El final de una semana de evasión con una mujer bella en un lugar precioso.

–Sin duda es una noche de evasión, Marco. No tienes ni idea de lo diferente que es mi vida real a esto.

Marco ignoró la puerta entreabierta que lo guiaba hasta la verdadera Imogen porque no quería que nada se entrometiera. La llevó hasta la mesa y sacó una silla para que se sentara. Mientras ella se sentaba, sintió una gran tentación de besarle la nuca. Se inclinó y la acarició con los labios. Al ver que ella se estremecía, experimentó una gran satisfacción.

Al instante, deseó saber más sobre aquella mujer

–Háblame de la verdadera Imogen.

Ella se volvió y lo miró con sus grandes ojos azules.

–Esta noche no –susurró de manera seductora–. Esta noche quiero escapar de todo. Esta noche quiero ser *solo* Imogen y quiero estar contigo todo el tiempo.

Quizá ella no estuviera preparada para contarle su

vida, pero le había dejado claro que lo deseaba y anhelaba estar con él. Marco notó que se le aceleraba el pulso. Después de toda una semana conteniéndose, sabía que no podría resistir mucho más. No obstante, no pondría en marcha la parte final de su plan seductor hasta después de la cena.

Imogen evitó hablar de su vida cotidiana durante toda la noche y, cuando la luna y las estrellas resplandecían en el cielo, supo que había llegado el momento que había deseado desde que él la besó por primera vez. Durante toda la semana, ella había deseado algo más aparte de los besos de buenas noches. Era algo que nunca había experimentado antes, ni siquiera con el hombre con el que debía haberse casado.

—Tengo otra sorpresa —dijo Marco, mientras caminaban por la playa agarrados de la mano.

Imogen no quería que aquel momento terminara. Era un cuento de hadas que la había apartado de la realidad y no parecía posible.

—No creo que puedas mejorar esto —bromeó ella. El champán había provocado que se sintiera desinhibida ante él. Durante la cena, Marco había propuesto un brindis por ella, igual que la primera noche. E igual que entonces, Imogen había deseado mucho más.

—¿Eso es un reto, Imogen? —preguntó con tono seductor antes de abrazarla.

Ella lo miró a los ojos y vio deseo y pasión. Se sentía especial, viva, y, sobre todo, deseada.

Marco inclinó la cabeza y la besó. Ella le rodeó el cuello y le acarició el cabello oscuro. Él comenzó a acariciarla por encima del vestido de seda que Julie le había comprado cuando ella se lo pidió, diciéndole que no le importaba el precio y que solo quería ser durante una noche lo que no era, y lo que nunca podría ser.

Marco deslizó la mano hasta su trasero y la atrajo hacia sí, estrechándola contra su miembro erecto y suspirando de placer. Ella no sabía durante cuánto tiempo podría seguir con ese juego de seducción. Lo deseaba a él.

–Marco –ella susurró su nombre contra sus labios cuando él dejó de besarla–. Quiero más que esto. Mucho más.

Se sorprendió al oír cómo su admisión escapaba de su boca. Ella nunca había tomado la iniciativa con Gavin, nunca había sido una mujer seductora, pero había algo en Marco que provocaba que ella se sintiera diferente. Tenía la extraña sensación de que estaban hechos para estar allí, para hacer aquello, para encontrarse el uno al otro.

–He deseado hacerte el amor desde la noche en que te conocí –dijo él.

Ella nunca había deseado a un hombre de esa manera. Esa noche tenían que llegar hasta el final. No podía regresar a su vida normal preguntándose cómo podía haber sido. Quería llevarse algo especial para guardar en su memoria.

–Yo también lo he deseado, Marco. Esta noche –lo miró entornando los párpados.

Marco le sujetó el rostro entre las manos y la besó

de forma apasionada, devorándola con delicioso control. Ella se estremeció y cuando él la soltó sentía que su cuerpo estaba ardiendo.

Marco la miró de arriba abajo, fijándose en sus pechos mientras ella respiraba de forma acelerada a causa del deseo. Ella lo miró, esperando a que continuara con aquello.

—Te deseo, Imogen —dijo él, tratando de mantener el control.

—Y yo a ti —susurró Imogen, mientras él la sujetaba por la nuca y apoyaba la frente contra la de ella como si fueran verdaderos amantes en lugar de una pareja a punto de terminar una aventura romántica con un encuentro apasionado.

Él la besó con delicadeza y amabilidad y las dudas acerca de pasar la noche con un hombre que apenas conocía, se disiparon, dejando paso a la pasión y al deseo.

Sin más palabras, él la agarró de la mano y la guio por la playa. Las estrellas brillaban en el cielo y la luna iluminaba el camino. A cada paso, ella se encontraba más cerca del encuentro que había deseado desde el primer momento en que estableció contacto con aquel hombre. Desde entonces, había intentado no ser Imogen Fraser, empleada de Bespoke Luxury Travel. Al preguntarle el nombre, él selló su destino, permitiendo que se sintiera libre para ser *solo* Imogen, y el hecho de que él no quisiera contar nada más de sí mismo, añadió el momento de evasión a aquel sueño.

Al día siguiente por la noche, todo habría sido un sueño, y Julie y ella estarían de regreso a Inglaterra y a su vida normal. Aquella idea provocaba que ella deseara aquel momento todavía más. Nunca se lo perdonaría si ella misma se interpusiera en el camino para disfrutar de la fantasía de su última noche. Era difícil que algo así volviera a sucederle otra vez.

—Aquí es donde pasaremos la noche –él se detuvo y ella miró hacia una cabaña con cortinas blancas que se movían con la suave brisa. Las lamparitas que había junto a la cabaña de paja le daban un toque romántico.

—Podemos relajarnos, disfrutar de la cálida noche y mirar las estrellas.

—¿Toda la noche? –preguntó ella.

—Toda la noche. Y cuando ya hayamos disfrutado bastante del cielo, cerraremos las cortinas y nos quedaremos completamente solos.

—¿Y si pasa alguien? –lo último que deseaba era que alguien le estropeara su noche de ensueño.

—No hay nadie más en esta parte de la isla. Es privada y, ahora que todos los empleados se han marchado, estamos solos.

Ella sonrió y se acercó a la cabaña. Se fijó en el cubo de hielo donde se enfriaba el champán y se preguntó si debía beber más. Ya estaba perdiendo la cabeza y era posible que terminara entregándole el corazón a un hombre al que nunca volvería a ver.

Durante un segundo, deseó que aquello durara más de una noche, más que un momento mágico. Entonces, recordó quién era en realidad, y que, al día siguiente, *solo* Imogen no existiría. Era consciente de que Marco no volvería a mirarla si se enterara de quién era en realidad. Ese hombre no estaba a su alcance.

–Es cierto que has encontrado un lugar romántico –dijo ella, tratando de recuperar el deseo en su corazón para poder aplacar los sentimientos oscuros. Se acercó al centro de la cabaña y acarició la cama doble desde la que podrían contemplar el mar tumbados. Nunca había imaginado un lugar así.

Marco se acercó a ella por detrás y la rodeó por la cintura, atrayéndola hacia sí para susurrarle palabras apasionadas al oído.

–Haga lo que haga, me aseguro de que sea lo mejor.

La besó en el cuello y ella suspiró antes de echar la cabeza hacia atrás para mirarlo.

–¿Es una promesa?

¿Quién era esa mujer? ¿Qué le había pasado a Imogen Fraser, la mujer sensata? Aquella aventura la estaba afectando demasiado.

Antes de que ella pudiera contestar sus propias preguntas, el la giró entre sus brazos. No digo nada, pero su rápida respiración dejaba claro lo que sucedía.

Ella lo miró a los ojos y vio pasión y ardiente deseo. Se puso de puntillas y lo besó en los labios. Marco la estrechó contra su cuerpo y la besó también. Primero, despacio, después de forma apasionada y sin contención.

–Marco –susurró ella mientras él le besaba el cuello y deslizaba la boca hasta sus pechos. Ella cerró los ojos y, al sentir que le cubría el pezón con la boca por encima del vestido, se quedó sin respiración.

Apenas podía sostenerse en pie. Le flaqueaban las piernas y, como si supiera el efecto que estaba teniendo sobre ella, Marco la llevó hasta la cama.

Sin dejar de mirarlo, ella se movió hasta el fondo de la cama. Él se quitó la chaqueta y la dejó caer sobre la arena, después hizo lo mismo con la pajarita y con la camisa.

Al ver su torso musculoso y la fina línea de vello que descendía por su vientre, un fuerte deseo se apoderó de ella.

Imogen se quitó las sandalias. Él la miró fijamente antes de cerrar las cortinas, dejando únicamente un hueco para contemplar el mar iluminado por los rayos plateados de la luna.

Aunque Imogen solo quería contemplar a aquel hombre, increíblemente sexy.

Marco se acercó de nuevo a la cama y colocó las manos sobre los tobillos de Imogen. Despacio, fue acariciándole las piernas hasta que llegó al dobladillo del vestido y se lo levantó. Ella apenas podía respirar cuando él metió los dedos bajo la tela de encaje de su ropa interior.

Él comenzó a bajársela y ella se incorporó para ayudarlo. Deseaba quedarse completamente desnuda ante él.

Era el momento que llevaban esperando toda la semana. Como si hubiesen hecho un acuerdo, se habían dedicado a cortejarse el uno al otro, con besos delicados, pero nada más. Era como si ambos hubieran sabido el final de aquella semana que habían compartido en una isla paradisiaca desde el primer momento.

Imogen tembló de deseo cuando Marco la miró, pero en lugar de quitarle el resto de la ropa, él se arrodilló entre sus piernas, sonrió, le retiró el vestido y comenzó a besarla desde el vientre hacia abajo. Ella se agarró a la cama al sentir que empezaba a besarla en el centro de su deseo. Echó la cabeza hacia atrás, incapaz de mirarlo mientras sus besos la hacían alejarse de la realidad y meterse de lleno en aquella fantasía.

Él le sujetó los muslos y la besó de manera íntima, provocando que casi llegara al límite. Ella sabía que no podría soportarlo mucho más y se retiró una pizca. Deseando que el momento durara más tiempo. Él se detuvo y ella abrió los ojos, mirando a su alrededor.

Al ver que él se alejaba un poco y se quitaba el resto de la ropa, respiró hondo. Estaba muy atractivo, desnudo y excitado. Ella no podía pensar con claridad. Y tampoco quería hacerlo. Lo único que deseaba era sentir a aquel hombre en su interior. La pasión que había prendido en su ser no podía apagarse de pronto.

Imogen lo observó mientras él se ponía un preservativo y se acercaba a ella. Notó su piel desnuda contra los muslos y deseó no tener puesto el vestido. Él la cubrió con su cuerpo, presionándola contra la cama, y la tensión sexual contra la que había estado luchando toda la semana, estalló. Imogen lo rodeó con las piernas, dejándose llevar por un instinto que no sabía que poseía. Al sentir el calor de su miembro erecto, deseó más y se incorporó hacia él.

Marco la sujetó con fuerza mientras ella se movía contra su cuerpo, suplicándole que finalizara lo que había comenzado.

Él la besó de manera apasionada y ella lo abrazó,

ardiente de deseo. No era suficiente. Deseaba más, así que comenzó a mover las caderas de arriba abajo hasta que él la penetró con fuerza. Era salvaje. Apasionado. Todo, y más, de lo que había deseado para esa noche, para su verdadero momento de evasión.

Marco la besó en el rostro mientras ella jadeaba. Después, la besó en la boca mientras se movía en su interior. Ella comenzó a moverse al mismo ritmo. Él se retiró un instante y volvió a penetrarla de nuevo. Ella se agarró a sus hombros y, tras gemir de placer, comenzó a temblar con los ojos cerrados. Marco, la poseyó una vez más, gimió con fuerza, y se dejó llevar por el placer del momento antes de derrumbarse sobre ella.

Imogen se abrazó a él hasta que poco a poco fue volviendo a la realidad y percibió el sonido de las olas del mar. Todo su cuerpo estaba activado por el deseo, consciente del calor que desprendía el cuerpo de Marco mientras él también regresaba del momento de éxtasis que habían compartido.

Marco permaneció tumbado junto a Imogen mientras ella dormía. El sonido de las olas del mar recibía al nuevo día, y anunciaba el fin de su tiempo juntos. La noche anterior había sido maravillosa. Habían hecho el amor otra vez, y después, de nuevo al amanecer, con tanta pasión como la primera vez. No obstante, había llegado el momento de dejar la isla, de abandonar los momentos de evasión que aquella mujer le había proporcionado.

El sonido de su teléfono móvil lo sacó de sus pensamientos ardientes sobre la noche anterior. Ni siquiera el hecho de que se le saliera el preservativo durante la última vez que hicieron el amor había acabado con la pasión. Él no había sido capaz de detenerse mientras los dos alcanzaban el clímax, hasta caer agotados y permanecer escuchando el sonido de las olas.

Su teléfono sonó de nuevo y él se bajó de la cama, se puso los pantalones y agarró la chaqueta para buscarlo en el bolsillo.

El mensaje de texto de su hermana provocó que volviera de golpe a la realidad.

Papá está muy enfermo. Te necesitamos en Nueva York. Llámame.

Marco se puso la camisa y paseó hacia la playa. De pie en la orilla, marcó el teléfono de su hermana y esperó a que contestara. Su hermana, aliviada, le contó las novedades acerca de la salud de su padre. Él se volvió para mirar hacia la cabaña. Imogen estaba allí de pie, con el vestido negro puesto y cara de preocupación. Él finalizó la llamada y se acercó a ella. Era lo que habían planeado, lo que ambos querían, pero él no estaba preparado para terminar aquella fantasía.

No quería regresar a Nueva York. Había ido allí para escapar de la confesión que le había hecho su madre acerca de quién era él en realidad, del motivo por el que nunca había conseguido complacer a su padre, hiciera lo que hiciera, y de por qué nunca había encajado en su familia.

Tampoco podía quedarse allí. Imogen tenía su vida, y él la suya. Había llegado el momento de terminar aquello. El momento de regresar a la realidad y de enfrentarse a ella.

–¿Algún problema? –preguntó Imogen con cautela. Tenía el cabello alborotado y los labios hinchados a causa de la pasión que habían compartido.

Marco notó que el deseo se apoderaba de él una vez más y se contuvo para no llevarla a la cama de nuevo.

–Mi padre está enfermo. Tengo que regresar a Nueva York inmediatamente.

Imogen se abrazó como si tuviera frío, a pesar de que el día empezaba a templarse.

–Entonces, debes irte.

Él agarró su chaqueta y se la colocó sobre los hombros, percatándose de que se ponía tensa.

–Primero te llevaré a ti.

Ella lo miró y dijo:

–Gracias por esta maravillosa semana de evasión.

Él se quedó sorprendido. Esperaba más un *Llámame*, pero ella era *solo* Imogen, la mujer que había dejado claro que cuando se marcharan de aquella isla paradisiaca no habría nada más entre ellos. Era justo lo que él deseaba. Habían saciado sus deseos y era el momento de volver a la vida real.

Él la besó en la frente con delicadeza, y se esforzó para mostrarse igual de distante que ella.

–Gracias.

Ella se retiró para distanciarse.

–Será mejor que nos vayamos.

Ella no dijo nada durante el trayecto de regreso a

su cabaña, pero nada más bajar del vehículo se volvió hacia él:

—Espero que tu padre se ponga bien.

—Gracias —dijo él, en tono cortante. No le gustaba que su padre interfiriera en ese momento.

Imogen le entregó la chaqueta.

—Adiós, Marco —sin decir nada más, se marchó.

Él la observó hasta que llegó la cabaña y se detuvo junto a la puerta. Ella lo miró a los ojos desde la distancia y sonrió, antes de entrar y cerrar la puerta, dejando a Marco fuera de su vida.

Capítulo 4

Casi cinco meses más tarde

Imogen colocó la mano sobre su vientre abultado y trató de no pensar en Marco, el hombre con el que había escapado de la realidad en una isla paradisiaca. El hombre que, como padre del bebé, tenía derecho a saber que la semana que habían pasado juntos había dejado un importante legado. Durante el último mes, desde que le había contado a Julie que estaba embarazada, su amiga le había insistido en que debían encontrar a Marco.

Ella sabía que Julie tenía razón, pero también sabía que Marco no se alegraría de la noticia. Él había dejado claro que no quería más que una semana de desconexión, algo que ella también había aceptado sin problema. No obstante, tenía que encontrar al hombre del que solo sabía que se llamaba Marco, darle la noticia y prepararse para su reacción.

Imogen trató de no pensar en ello. Necesitaba concentrarse en su trabajo. Sobre todo, cuando Bespoke Luxury Travel estaba a punto de firmar un contrato con Silviano Leisure Group. Imogen se amonestó por no haber averiguado nada acerca de la empresa, ni de su director ejecutivo, el hombre que estaban a punto de conocer. Silviano Leisure Group era una empresa mundial que poseía resorts de lujo en múltiples destinos, incluida la isla donde habían enviado a Julie e Imogen.

¿Cómo podía dar su opinión sobre la isla cuando para ella se había convertido en un momento de evasión? La isla se había convertido en un lugar donde había vivido un sueño romántico. Donde había experimentado la noche más mágica de su vida, con un hombre del que solo sabía que se llamaba Marco. Un hombre al que nunca volvería a ver.

Se acarició el vientre una vez más, el resultado de aquella semana crecía día a día desde que ella se había realizado la prueba de embarazo. En un principio, se había negado a creerse el resultado, hasta que comenzó a sentir náuseas por las mañanas. Y tan solo hacía un mes que había reunido el valor de contárselo a Julie. Desde entonces, ella se había dedicado a buscar a Marco. Algo verdaderamente difícil porque ninguna sabía nada acerca de su vida.

–¡Immy! ¡Immy!

Cuando Julie entró en el despacho, Imogen no estaba segura de si era para darle buenas o malas noticias. En realidad, no deseaba que Julie insistiera en que debía encontrar a Marco. Él había dejado claro que solo compartirían aquella semana. No deseaba nada más de ella, igual que ella no deseaba nada más de él. Había sido una semana de desconexión maravillosa. Nada más. Aunque llevara a su hijo en el vientre.

–Creo que deberías sentarte –dijo Julie, con la respiración acelerada.

–¿Qué pasa? –preguntó Imogen sin entusiasmo antes de sentarse junto al escritorio.

Todavía estaba tratando de asimilar la situación en la que se encontraba. Nunca se había imaginado como madre soltera, pero sabía que saldría adelante y que le brindaría todo el amor posible a la criatura.

–Lo he encontrado –dijo Julie.

–¿A quién?

–A Marco, por supuesto.

–No tengo tiempo para esto ahora, Julie. El señor Silviano llegará en cualquier momento. No he preparado nada y tenemos una reunión con él y con nuestro director ejecutivo. Es un contrato importante, Julie –Imogen se puso en pie y rodeó el escritorio.

–Es eso. Él está aquí –Julie la miró–. Marco está aquí.

Imogen se estremeció de temor.

¿Marco estaba allí? La situación no podía ser peor.

–¿Marco está aquí?

–Sí. ¡Estuviste y te acostaste con el director ejecutivo de Silviano Leisure Group!

Imogen sentía que no podía respirar.

–¿Marco? ¿El de la isla? –susurró–. No puede ser. Has de estar equivocada.

–No es un error, Immy. Marco, tu Maarco, es el director ejecutivo de Silviano Leisure Group. El padre de tu bebé es el multimillonario Marco Silviano.

–No, no, no puede ser –Imogen era incapaz de pensar con claridad. En toda la semana, él no había mencionado que fuera el propietario de la isla. Aunque, un huésped cualquiera no podría haber organizado todo lo que él hizo para asegurarse que estuvieran a solas, ¿no?

–Immy, es él. Lo he visto –Julie la agarró del brazo, suplicándole que la creyera.

–¿Qué? ¿Lo has visto? –preguntó con el corazón acelerado. ¿Qué pensaría él cuando descubriera que solo era una empleada de Bespoke Leisure Travel a la que habían enviado a la isla para poder recomendársela a los clientes?

–Sí –dijo Julie.

–¿Él te ha visto? –preguntó Imogen, tratando de encontrar la manera de evitar aquella reunión. No podía ver a Marco. No solo descubriría quién era ella en realidad, sino que, además, se daría cuenta de que estaba embarazada.

¿Pensaría que él bebé era suyo? Habían empleado preservativos, pero la última vez que hicieron el amor tuvieron un pequeño percance. ¿Se le habría ocurrido a Marco que el resultado de aquello podía ser un bebé? Ella lo dudaba. Él era el tipo de hombre que disfrutaba del placer y continuaba con su vida. Ella lo sabía, pero ello había contribuido a que la aventura resultara más atractiva.

–No puedo hacerlo. No puedo verlo –comentó Imogen–. Ni tú tampoco. Si te reconoce…

–Tienes que contarle lo del bebé, Immy.

–No, solo tuvimos una aventura. No puedo decírselo ahora… Ni aquí.

Imogen se acercó a la ventana de su despacho y pensó en la llamada que Marco había recibido el último día en la playa, diciéndole que su padre estaba enfermo. Ella estaba convencida de que era la manera de asegurarse de que se marchara sin pedirle que volvieran a verse. Era lo que habían aceptado la primera noche y sabía que nunca podrían estar juntos, que pertenecían a mundos diferentes. Ni siquiera aquella noche apasionada había hecho que ella deseara más. Y a pesar de que llevaba a su hijo en el vientre, sabía que no habría declaraciones de amor y de felicidad eterna.

—No puedo verlo, Julie. No puedo contárselo.

—Has de ver a Marco, Immy —dijo Julie, y se acercó a ella—. Has de contárselo.

—¿Qué voy a decirle? —la rabia se apoderó de ella—. Me alegro de conocerlo, señor Silviano, y por cierto, es el padre de mi hijo…

—Es una gran presentación —Marco no podía comprender por qué hablaba con tanta calma cuando acababa de descubrir dos cosas importantes. En la recepción le habían informado de que Julie Masters e Imogen Fraser lo recibirían en breve. Los nombres le habían sentado como una bofetada. Después, al ver que Julie subía corriendo por las escaleras, decidió seguirla, y había oído todo lo que Imogen había dicho.

La mujer con la que había pasado una semana maravillosa en su isla, de la que no había conseguido olvidarse y a la que no había conseguido encontrar, estaba allí mirando por la ventana de su oficina.

Su sorpresa no era que *solo* Imogen no fuera la mujer de la alta sociedad que él había pensado que era, sino que estuviera esperando un bebé… Su bebé.

Él pensó en la noche de pasión que habían compartido y recordó el momento en que se le salió el preservativo. ¿era posible que unos pocos segundos hubiesen bastado para crear al hijo que él no deseaba, pero que sus padres le recordaban continuamente que necesitaba?

Imogen se volvió despacio al oír sus palabras y él arqueó una ceja mientras esperaba que le diera una explicación. Quizá no era la noticia que deseaba oír, pero si lo que ella había dicho era verdad, Marco sabía lo que debía hacer. No solo por el bien de Imogen y del bebé, sino porque era lo que su abuelo habría deseado que hiciera. Siempre había seguido las normas de su abuelo y, a pesar de que había fallecido seis años antes, todavía le gustaba guiarse por su conocimiento y sabiduría.

–¿Es cierto? –preguntó Marco.

–Por supuesto –contestó Julie, en defensa de su amiga.

Marco no dejó de mirar a Imogen. Estaba pálida y parecía incapaz de decir palabra.

–Julie, creo… –consiguió decir al fin–. Creo que esto tiene que ver solo con Marco y conmigo.

Marco entró en el despacho y esperó junto a la puerta a que Julie los dejara a solas. Aquella no era la reunión que tenía programada ese día. Nunca había imaginado que *solo* Imogen e Imogen Fraser fueran la misma persona. Y, desde luego, tampoco había imaginado aquella sorprendente noticia.

Julie lo miró al salir de la oficina y cerró la puerta. Marco se fijó en el vientre de Imogen y vio que los botones de la blusa se tensaban alrededor de esa zona.

Suspiró y se acarició el mentón. Su semana de evasión había tenido consecuencias irreversibles para él.
Iba a ser padre.

–Lo siento, Marco –dijo Imogen, y se acercó hacia él con decisión–. No quería que te enteraras de
esta manera.

–¿Y qué pensabas hacer? ¿Dejarlo caer durante la
reunión?

–No es justo –reaccionó ella–. ¡Ni siquiera sabía
que eras tú hasta hace unos minutos!

–¿No sabías que era yo?

–Cuando nos despedimos en la isla, lo único que
sabía de ti era que vivías en Nueva York y que te
llamabas Marco. Desde luego no sabía quién era el
director ejecutivo de Silviano Leisure Group –dijo
indignada–. No tenía motivos para pensar que el
Marco que conocí en la isla era Marco Silviano.

Ella se dio la vuelta y se cubrió la frente con la
mano antes de sentarse en su silla de oficina.

–¿Estás bien? –preguntó él, preocupado.

–Perfectamente –soltó ella, y agarró una carpeta
para cubrirse el vientre–. Y que lo sepas, no espero
nada de ti. Nada.

–¿De veras? –él se cruzó de brazos y la miró–. ¿Y
con eso quieres decir que puedo marcharme y permitir que críes a tu hijo sola?

–Precisamente –abrazó la carpeta con fuerza.

–¿Dónde? ¿Aquí en Oxford o en casa de tu papá
en Londres? –no pudo evitar provocarla–. ¿Y con
qué? ¿Con el dinero de papá?

–Soy perfectamente capaz de criar a i hijo –soltó
ella.

Él le quitó la carpeta y la dejó sobre la mesa. Sus suaves movimientos silenciaron la protesta de Imogen.

—Mi hijo se criará en Nueva York.

Marco no tenía ni idea de dónde habían salido sus palabras, aparte de que eran lo que su abuelo habría esperado que dijera cuando entró en aquel edificio esa tarde, no esperaba encontrarse cara a cara con Imogen, y menos aun con la noticia de que iba a ser padre. Un hijo era lo último que deseaba. Sin embargo, la realidad era diferente. Un hijo era lo que necesitaba.

—¿Qué? ¿Por qué? —preguntó Imogen.

—Quiero ofrecerle todo lo que un hijo necesita.

El matrimonio y la paternidad nunca habían entrado en sus planes. De pronto, Imogen, la única mujer que había estado a punto de derrumbar su barrera de protección, llevaba a su hijo en el vientre. Un hijo o una hija que conseguirían que su madre dejara de exigirle que tuviera un heredero. Marco sabía que, si el bebé era un niño, él se ganaría el respeto y el amor de su padre.

Imogen negó con la cabeza.

—¿Y cómo vas a conseguir eso? No tengo intención de mudarme a Nueva York y no puedes obligarme.

El pánico se apoderó de ella de tal modo que era incapaz de ponerse en pie.

—No tengo intención de obligarte a hacer nada —dijo él, dirigiéndose hacia la puerta.

Ella respiró hondo tratando de calmarse. ¿Iba a

dejarla allí sin más? En ese momento, Marco volvió hacia ella y miró por la ventana.

–Lo que quiero es lo mejor para ti y el bebé, pero mi empresa me exige que esté en Nueva York. Allí podré ofreceros todo lo que necesitéis. Y la seguridad que tú y el bebé merecéis.

Ella se puso en pie y lo miró. Al ver la tensión de su boca se preguntó dónde se había metido el Marco con el que había pasado aquella semana. Este Marco era el ejecutivo insensible que ella sabía que era… A pesar de que desconocía qué tipo de negocio tenía y de que no esperaba que fuera a encontrárselo cara a cara en su trabajo.

–¿De veras esperas que vaya a Nueva York? –susurró ella, demostrando lo asustada que estaba en ese momento.

–Sí. Quiero que mi hijo nazca allí, que crezca allí –contestó él sin mirarla.

–¿Que viva allí?

–No es un concepto tan difícil –dijo Marco.

–Ahí es donde te equivocas –Imogen encontró valor para enfrentarse a él–. No puedes irrumpir en mi vida y exigir que deje a mi familia y me vaya a Nueva York contigo.

Imogen les había contado a sus padres lo del bebé. Ellos se habían quedado sorprendidos, pero le habían ofrecido su apoyo, tal y como siempre habían hecho con ella. Incluso le habían ofrecido que regresara a vivir con ellos a los alrededores de Oxford si lo necesitaba. ¿Cómo se sentirían si ella se marchara a Nueva York con un hombre al que apenas conocía?

Marco se volvió para mirarla. Ella no pudo evitar fijarse en sus labios y en el placer que le habían proporcionado. No obstante, su expresión no mostraba ni rastro del deseo que habían compartido.

–Como te he dicho, no es un concepto tan difícil. Estás esperando un hijo mío, ¿no?

Imogen tragó saliva.

–Sí, pero si lo dudas, o no me crees, puedes marcharte ahora mismo.

Alzó la barbilla, enderezó la espalda. ¿Quién se creía que era para entrar allí y exigirle que dejara su vida y se marchara con él?

Él la miró a los ojos y ella supo que Marco no era el tipo de hombre que se marchaba sin más. Ella lo había retado y sabía que él iba a aceptar el reto. Marco se acercó a ella y el aroma de su loción de afeitar provocó que los recuerdos de la isla invadieran su memoria.

–No dudo de que lleves a mi hijo en tu vientre. Ni tampoco espero que le des la espalda a tu vida aquí.

–¿Cómo podría no hacerlo si pretendes que me mude a la otra parte del mundo y lo abandone todo? Mi trabajo, mis amigas, mi familia…

–Podrías elegir cualquier trabajo en mi empresa, y tu familia y amigas podrían visitarte a menudo. También tengo una casa en Londres a la que podrías ir cuando quisieras. Una mudanza requiere cambios, pero no sacrificios.

–No sé cómo se sentirían mis padres si me fuera a vivir a los Estados Unidos… –negó con la cabeza.

Imogen se había criado como hija única, con mucho amor y todo lo que necesitaba. No podía darles la espalda a sus padres. Para ella, la familia lo era todo.

–¿Estás muy unida a tu familia?

–Sí –Imogen se tomó la pregunta como un ataque, sobre todo, después del tiempo que habían compartido en la isla. Él había corrido junto a su padre y ella había supuesto que, para él, la familia también era muy importante.

–¿Y qué hay de tu nueva familia? –preguntó.

Ella lo miró y no pudo evitar pensar en cómo lo había abrazado y besado de manera apasionada. Al sentir que el deseo surgía en su interior, trató de no pensar en ello. No era deseo por el hombre que tenía delante en esos momentos.

–¿Mi nueva familia? –preguntó intentando comprender.

–Nuestra familia. Tú, yo y nuestro bebé. Nosotros.

–No somos una familia –contestó, y dio un paso atrás.

–Lo seremos, Imogen –sonrió él.

–¿Qué estás diciendo, Marco? Me parece que intentas hacer que me sienta culpable, poniendo a prueba la lealtad hacia mis padres frente al amor hacia mi bebé.

Marco le agarró las manos y, durante un momento, Imogen regresó a la isla, junto al hombre amable y considerado que la había tratado como una princesa, haciéndola sentir especial.

–Quiero que seamos una familia, Imogen.

–¿Quieres que seamos una familia? –susurró ella, mirándolo a los ojos en busca del hombre que había conocido cinco meses atrás.

–Tienes lo que necesito, y yo puedo darte todo lo que desees.

Sus palabras provocaron que olvidara al Marco con el que había compartido una semana romántica. Lo miró a los ojos y no vio nada más que fría determinación.

–Creo que será mejor que me expliques ese razonamiento, porque con lo que acabas de decir no conseguirás que conteste otra cosa que no sea *no*.

Marco miró a Imogen y supo que había cometido un error. La idea de que la noticia que había recibido podría convertirse en su manera de solucionar sus problemas y los de Imogen, no había tenido el resultado que esperaba.

–El bebé… –hizo una pausa y lo intentó de nuevo–. Nuestro bebé dará continuidad a mi apellido familiar y, aunque no tenía planeado ser padre, cumpliré con mi deber. Quiero a nuestro hijo.

Mientras hablaba, supo que era verdad. Quería a ese bebé y deseaba que formara parte de su vida. Quería probar y ser el tipo de padre que nunca había tenido. Deseaba cerrar de golpe su pasado de una vez por todas.

Ella se mordió el labio inferior.

–¿De veras quieres a nuestro hijo? ¿Y formar parte de su crianza?

Él se aprovechó de que se mostraba dubitativa y le acarició el rostro.

–Sí, Imogen. Quiero a nuestro bebé. Al bebé que creamos aquella noche en la isla.

Marco la recordó abandonada ante el placer de sus caricias y sus besos. No dudaba de que había sido igual de erótico para ella que para él. Deseaba volver a estar así con Imogen. Era algo nuevo para él y no llegaba a comprenderlo.

–No podemos criarlo juntos, y menos viviendo en lados opuestos del mundo.

Mientras Imogen hablaba, él pensaba en la posibilidad de descubrir que ser padre era lo mejor que le había pasado nunca. El hecho de que Imogen fuera la madre, la mujer con la que había creado a su hijo, era mucho mejor. A pesar de que ninguno de los dos se había sincerado acerca de quiénes eran durante la semana que habían compartido, había sido la semana en que él había podido liberarse y ser él mismo.

Todo había sucedido muy deprisa. Menos de una hora antes, él estaba en la parte trasera de la limusina que lo llevaba de Londres a Oxford. Acababa de recibir las últimas novedades acerca del estado de salud de su padre y sabía que la cosa no pintaba bien, que la medicación no estaba teniendo éxito. Marco había tratado de sentir lástima por el hombre que durante toda su vida había pensado que era su padre, el hombre al que nunca había conseguido complacer.

De pronto, sabía por qué, y mientras miraba como Imogen se mostraba temerosa al confirmarle que el niño que llevaba en el vientre era su hijo, él comprendió cómo se debía haber sentido Emilio, el hombre que siempre había pensado que era su padre. Emilio supo que el hijo que Mirella, su prometida y madre de Marco, llevaba en el vientre podría haber sido el hijo de su hermano. El asunto había salido a la luz la noche en que su hermano se mató en un accidente. Emilio se había casado con la madre de Marco y reclamaba al bebé como hijo suyo, a pesar de que se descubrió la verdad después del nacimiento de Marco y de que a él se la habían ocultado hasta hacía muy poco.

Marco no tenía duda acerca de que el bebé que Imogen llevaba en el vientre era hijo suyo, pero debía nacer con el apellido Silviano. Era la oportunidad que tenía para complacer a su familia y dejar de ser la decepción que su padre había tenido que soportar durante años.

—No tenemos que vivir en distintas partes del mundo, Imogen. Si nos casamos…

—¿Casarnos? ¿Quieres que nos casemos? —la pregunta de Imogen confirmó que Marco había hablado sin pensar.

Había hecho lo que siempre había evitado: pedirle a una mujer que se casara con él.

—Quiero formar parte de la vida de mi hijo. El niño hará que siempre tengamos relación, y el matrimonio nos dará más seguridad —esperaba que sus palabras la convencieran de que casarse era la mejor solución. Puesto que ella valoraba mucho la familia, no querría ser madre soltera.

—¿Más seguridad? —su pregunta hizo que él se percatara de que ella deseaba algo más… Se merecía más. Habían compartido algo especial en la isla y, por ello, Imogen merecía la verdad.

—La mañana que nos marchamos de la isla recibí una llamada —se calló un instante, al recordar a Imogen en la puerta de la cabaña, más sexy que nunca, bajo la luz del amanecer. En aquellos momentos, él había deseado permanecer encerrado con ella para siempre, pero la realidad de su familia los interrumpió. Él sabía que debía regresar a Nueva York y cumplir con su deber. Después de que la salud de su padre empeorara tras una operación de corazón, él sintió la necesidad de tomarse la vida en serio.

–¿Tu padre está bien? –pregunto ella, preocupada y confusa al mismo tiempo.

¿Ella lo recordaba? Marco se sorprendió al ver preocupación en su mirada y en su manera de acercarse a él, como si quisiera ofrecerle consuelo.

–¿Marco? ¿Tu padre? –preguntó ella de nuevo.

–Está muy enfermo. Le pusieron tres *bypass* en el corazón en cuanto yo regresé a Nueva York y mejoró durante un tiempo. Ahora parece que tiene coágulos en los pulmones a causa de la operación y solo cabe esperar a ver si la medicación le hace efecto.

Ella colocó la mano sobre su hombro y lo miró a los ojos. La honestidad y compasión que mostraba en su mirada hizo que él se sintiera un hombre inadecuado. Ella parecía más preocupada por su padre, un hombre al que nunca había conocido, que él mismo. ¿Aunque cómo podía sentirse él cuando su padre lo había bloqueado emocionalmente durante todos esos años? Durante unos instantes, él volvió a sentirse como un niño desesperado por ganarse la aprobación de su padre. Sin satisfacer nunca sus expectativas acerca de cómo debería ser un heredero de la familia Silviano. Quizá fuera un Silviano, pero para su padre, era el hijo equivocado.

–Lo siento por ti y por tu familia. Debe ser difícil

lidiar con eso y ahora descubrir que tú vas a ser padre también.

Incluso en esos momentos, Imogen estaba pensando en él, en otros, creyendo que su familia estaba unida. Él envidiaba su inocencia, la importancia que le concedía a la familia. Era evidente que estaba muy unida a la suya. Él no, aunque lo había intentado. Imogen y él eran muy diferentes. Tenían muy poco en común, sin embargo, el destino los había unido para siempre.

–He venido para un asunto de negocios y esta noche regreso a Nueva York. No era lo que esperaba encontrarme al venir aquí, pero podemos solucionarlo juntos. Después de todo, hemos creado juntos al bebé.

Ella retiró la mano de su brazo y se sonrojó al oír que se refería a la noche que habían pasado juntos. Después, entornó los ojos para ocultar sus emociones.

–Es cierto, pero podemos hablar de ello en otro momento. Debes regresar junto a tu padre, con tu familia.

–Quiero que vengas conmigo… Como mi prometida y madre de mi futuro hijo.

Ella lo miró a los ojos.

–¿Pero…?

–Quiero que mi padre te conozca, que sepa que llevas a su nieto, a su heredero en el vientre.

–¿De veras crees que cambiará algo para él?

–Si lo que dice mi hermana es cierto, es posible que el tiempo sea limitado.

–Si te acompaño, no significará que haya aceptado a vivir en Nueva York de forma permanente, ni que mi hijo vaya a nacer allí. Tampoco que tengamos que casarnos… No obstante, tu padre es el abuelo de mi hijo y eso es importante.

Marco debía decirle la verdad, decirle que el bebé tenía el futuro de toda la familia Silviano entre sus manos. Un sentimiento de culpa se apoderó de él. La tradición familiar siempre favorecía que el primogénito fuera varón, y era lo que sus padres esperaban. Y daba igual quién fuera su padre, él seguía siendo un Silviano.

Tratando de no pensar en ello, la sujetó por los brazos y la miró. La conexión que habían sentido en la isla había vuelto a aflorar entre ellos, pero no era el momento de dar rienda suelta a la pasión y al deseo. Aquello era más un asunto de negocios que había que tratar con delicadeza.

–Gracias, Imogen –habló con seriedad, como si estuviera en la sala de juntas de Bespoke Luxury Travel negociando un acuerdo en lugar de tratando de convencer a la madre de su hijo para que fuera a Nueva York con él. Aceptaría lo que ella le ofrecía por el momento. Una vez en Nueva York le demostraría que el matrimonio era la única opción–. Acepto tus condiciones.

Imogen pestañeó sorprendida al oír su tono formal y la elección de sus palabras, pero tenía que ser así, si no, todo lo que había surgido entre ellos durante la semana de evasión resurgiría. Se abriría la puerta de las emociones y Marco no podría mantener erguida su barrera de protección. En esos momentos, era lo último que deseaba.

–Hablas como si fuera un trato de negocios –dijo ella, con cierto tono de broma–. Pero por el bien del abuelo de mi hijo, iré contigo a Nueva York por un tiempo.

–Hoy nos marcharemos a Londres. Me gustaría que te viera un médico antes.

–¿Un médico?

–Solo quiero asegurarme de que el bebé y tú estáis bien y de que podéis volar.

–Estuve en mi médico hace dos semanas. Ambos estamos bien.

–Entonces no estabas planeando un vuelo a Nueva York. Te dije que cuidaría de ti y del bebé, Imogen, y pienso hacerlo desde este momento –nunca había sentido tanto deseo de proteger y de cuidar a una persona. No llevaba mucho tiempo en compañía de Imogen y ella ya estaba sacando al verdadero marco que él había tratado de ocultar toda su vida.

–No es necesario. Tengo que hacerme una ecografía dentro de unas semanas y ya le he preguntado al médico lo de volar, por si tenía que hacerlo por motivos de trabajo, así que, está bien.

–Muy bien. Entonces nos iremos esta noche.

–¿De veras esperas que deje mi vida y me vaya contigo esta noche?

–Mi chófer te llevará a casa para que recojas todo lo que necesites. Yo me ocuparé de los billetes. Y cuando me reúna con tu jefe, aclararé la situación –miró el reloj–. Los dos llegamos tarde a esa reunión.

–Yo no voy a ir. Julie se disculpará por mí. Será mejor que te vayas.

–Estate preparada para salir hacia Londres dentro de dos horas.

–Pase lo que pase, Marco, quiero que recuerdes una cosa: No hago esto por ti, ni siquiera por mí –comentó muy seria–. Lo hago por la familia. Por la familia de mi bebé… Tu padre.

Capítulo 5

URANTE el vuelo a Nueva York, Imogen dedicó gran parte del tiempo a pensar en lo que Marco había dicho. Antes de marcharse, ella les contó a sus padres lo feliz que estaba de que Marco hubiera regresado a su vida y que iban a visitar a sus padres para contarles lo del bebé. También les explicó que el padre de Marco estaba enfermo y que por eso debían marcharse de forma apresurada. Sus padres la despidieron sonrientes, pensando que era lo que ella deseaba y que estaba feliz. Imogen incluso hizo que Julie creyera que todo iba bien entre Marco y ella. A medida que el avión se alejaba de Inglaterra, ella comenzó a sentirse culpable por tantas mentiras.

Una vez en el ascensor que llevaba hasta el ático de Marco, ella se preguntó si el acuerdo de ir como su prometida a la ciudad que siempre había deseado visitar, era una decisión adecuada. No solo para ella, sino también para la familia de Marco e incluso para su familia. ¿Era lo adecuado para su bebé?

–Madre mía –las palabras escaparon de su boca al entrar en el apartamento. La silueta del Empire State Building dominaba la vista de Nueva York. Las luces de la ciudad empezaban a iluminar. Era como si hu-

biese regresado a un mundo de evasión–. La vista es
espectacular.

–¿La vista? –Marco frunció el ceño–. Supongo
que sí.

–¿Cómo es posible que no te asombre? –no pudo
evitar bromear. El sentimiento de que nada era real,
como si siguieran siendo la pareja que habían sido en
la isla, era demasiado fuerte.

Él se encogió de hombros.

–La he visto muchas veces –su tono de voz indicaba que la situación no se parecía en nada a la que
habían compartido en la isla. Eran diferentes, y no
solo porque estuvieran esperando un bebé, sino porque parecía que ambos habían erigido unas barreras
infranqueables a su alrededor.

Ella se acercó al ventanal y contempló la ciudad.
Siempre había deseado ir allí, pero nunca había imaginado que su primera experiencia la tendría en el
ático de lujo de un hombre como Marco Silviano.
Uno hombre muy diferente a ella. Un hombre cuyo
mundo no tenía nada que ver con el suyo.

–¿Cómo vamos a conseguir que esto funcione?
–preguntó con un susurro.

Marco se colocó detrás de ella y apoyó la mano
en su hombro.

–Ha funcionado antes –dijo él, con un tono de voz
más parecido al que empleaba en la isla.

Al instante, ella supo lo fácil que resultaría regresar a ese momento, creer que había sido real. Si no
hacía nada para protegerse, al menos tenía que recordar que él le había ofrecido un trato, como si estuviera negociando un nuevo contrato.

Ella se volvió para mirarlo y se sorprendió al ver que estaba muy cerca. Fue la mirada oscura de sus ojos, y el deseo inconfundible que había en ella, lo que realmente llamó su atención. No podría lidiar con aquello, y menos después de la manera en que él le había pedido que fuera allí como su prometida, como si fuera un tema de negocios. Si ella se dejaba llevar por la creencia de falsa seguridad, y se autoengañaba pensando que él la deseaba de verdad, su corazón corría peligro. Lo cierto era que, si ella no se hubiese quedado embarazada, o él no se hubiera enterado, no estarían allí. Era algo que no podía olvidar, pasara lo que pasara.

Imogen dudaba incluso de que él la hubiera reconocido vestida con la falda y la chaqueta de color azul marino con la que iba a trabajar. La gente como ella solo existía para hacer la vida más cómoda a la gente como él, y era una realidad que ella conocía bien.

Los hombres como Marco pensaban que podían conseguir lo que desearan con tan solo chasquear los dedos. El hecho de que él hubiera conseguido que ella dejara el trabajo tan fácilmente, sin que nadie le hiciera ninguna pregunta, lo indicaba.

—Sí, lo hicimos, pero eso no era real, Marco —ella deseaba poner distancia, pero el deseo de sus ojos oscuros provocó que anhelara lo imposible. Quería besarlo, y que él la besara. Quería que fuera como la semana que habían pasado juntos, pero nunca podría ser lo mismo.

—Ninguno de los dos quería más, después de esa semana. Ni siquiera nos contamos quiénes éramos en realidad. Fue una semana de evasión para los dos.

—Pero ahora tenemos más, Imogen.

–No –ella negó con la cabeza y se alejó de la tentación–. No tenemos más que un trato, Marco. Yo acepté venir como tu prometida, como la madre de tu hijo, para que tu padre supiera lo del bebé, porque está enfermo. Eso es todo, y lo hago por mi hijo, para que algún día pueda contarle que conocí a tu familia.

Él se volvió a mirar por la ventana.

–Y si queremos que sea algo convincente, debería conseguirte un anillo de compromiso.

–No es necesario –no pudo evitar reírse, era la única manera de lidiar con aquello–. No necesito un anillo de compromiso.

–Mi hermana ha organizado una fiesta de compromiso para mañana por la noche.

–¿Ya le has contado a tu familia que estamos comprometidos? –se acercó a él.

–Sí, y tendrás que llevar mi anillo. Todo el mundo querrá conocer a la persona que, por fin, ha domado a Marco Silviano, te lo aseguro.

–¿Todo el mundo? –preguntó nerviosa. Eso no formaba parte del trato. Ella había imaginado que conocería a la madre de Marco, iría al hospital a conocer al padre, y quizá conocería a su hermana, pero no aquello–. ¿Será una fiesta grande?

–Sí, una gran fiesta. Mi hermana no conoce las cosas modestas –se volvió para mirarla con una sonrisa.

Ella notó que le daba un vuelco el corazón. Era una sonrisa de verdad, de las que llenaba de brillo su mirada. Al instante los recuerdos de la semana que habían compartido en la isla invadieron su cabeza–. Me gustaría volver a verte con ese vestido negro.

Imogen se sonrojó. El recordaba la ropa que llevaba la noche que estuvieron en la cabaña de la playa. No obstante, el vestido ya no le valía.

–Me temo que no tengo nada adecuado para una fiesta, ni aunque me cupiera –se acarició el vientre y se sonrojó de nuevo al ver que Marco se fijaba en cómo su embarazo empezaba a hacerse evidente.

Marco observó cómo Imogen colocaba la mano sobre el vientre abultado y experimentó una fuerte necesidad de protegerla. Bajo la palma de su mano se encontraba su hijo. El hijo por el que estaba dispuesto a hacer cualquier cosa.

Al ver que el sentimiento de protección amenazaba con desatar emociones que no necesitaba en aquel momento, comentó:

–En ese caso, si te encuentras bien, deberíamos ir a comprar un anillo y un vestido.

–No creo que sea necesario –parecía incómoda, y con las mallas negras y el jersey que llevaba no se parecía en nada a la mujer que había llamado la atención de Marco durante la primera noche en la isla. Su aspecto era el de una mujer vulnerable e inocente. Aún así tenía el mismo efecto sobre él y seguía provocándole un intenso deseo.

Marco trató de controlarlo. Había regresado a Nueva York, pero Imogen nunca había formado parte de su realidad. Ella pertenecía al mundo de los sueños eróticos y ardientes que lo invadían desde que se había marchado de la isla. Al menos, *solo* Imogen pertenecía a ese mundo. Imogen Fraser pertenecía a su mundo real.

Esa Imogen era parte de su futuro. Un futuro hacia el que nunca había querido mirar, pero del que ella era parte. Y Marco se había dado cuenta de que convertirse en padre, en un hombre casado, tenía que ver con algo más aparte de con querer complacer a su familia.

—El anillo es necesario, Imogen. Tú pusiste tus condiciones y ahora yo pongo las mías. Aceptaste venir aquí, ser mi prometida. Ahora tendrás que aceptar que te dé todo lo que necesite para convencer a mi familia de que esto es real, ya sea un anillo o un vestido. Nadie debe dudar de nuestro compromiso. Y menos, mi madre o mi padre —las palabras casi se le atragantaron en la garganta.

Siendo honesto consigo mismo, Marco sabía que no lo hacía solo por su padre. O al menos no por el hombre con el que había crecido pensando que era su padre. Lo hacía por su abuelo, el hombre que se había marchado de Sicilia para vivir en los Estados Unidos con su nueva esposa, donde montaron una cafetería. Marco se preguntaba a menudo qué pensaría el abuelo si se enterara de que aquella cafetería había sido el origen de Silviano Leisure Group y algo que él había luchado por mantener a pesar de que su padre había sugerido que formaba parte del pasado, que no tenía cabida en el futuro de la empresa.

—No estoy segura de poder hacerlo —dijo Imogen, sentándose en el sofá. Parecía muy cansada—. Apenas nos conocemos.

Marco recordaba la última noche que había pasado con ella y el placer que se habían dado mutuamente.

—Creo que descubrirás que nos conocemos bastante bien.

Ella se sonrojó al oír sus palabras.

–No me refería a eso. Lo sabes –su tono de reprimenda provocó que él se riera, y ella se sonrojó aún más.

Marco se sentó a su lado, le agarró una mano y la miró a los ojos.

–Imogen, mi padre es un hombre estricto y me temo que yo no fui un niño fácil. Al menos, no como mi hermana pequeña.

A pesar de que Imogen lo miraba con atención, él no estaba seguro de si estaba preparado para contarle toda la verdad. Le sorprendía estar hablando de su familia, algo que nunca había hecho con otra mujer. Imogen había abierto una puerta a su pasado, y había destapado el dolor que le había provocado que su madre le contara la verdad.

Marco comenzaba a comprender el comentario que había hecho Imogen acerca de que su padre era el abuelo de su bebé. Un sentimiento de culpa se apoderó de él al recordar las veces que había sido muy duro con su padre. La idea de que él había sido el responsable del matrimonio de sus padres era muy difícil de asimilar. Si el hombre que yacía en el hospital había sido capaz de criar al hijo de otro hombre, entonces él no podía darle la espalda a su hijo. Ni a Imogen.

–¿Intentas decirme que este pequeñajo va a dar tantos problemas como su padre? –comentó ella, acariciándose el vientre.

Marco se rio, agradeciendo que ella se lo hubiera tomado con humor y que él no le hubiera contado la historia completa de su pasado como si fuera una excusa del motivo por el que había llegado a ser un hombre de negocios que no había querido sentar la cabeza. Nunca había conocido una mujer que provocara ese deseo en él.

Soltó la mano de Imogen y se dirigió a la ventana una vez más. Al cabo de unos instantes, se volvió hacia ella y comentó:

–Mi familia se ha vuelto muy insistente con que me case y tenga un heredero que pueda encargarse de la empresa de la familia Silviano.

–Ya… –ella se levantó y se abrazó como si tuviera frío–. ¿Y qué es lo que esperas de mí, Marco?

–Quiero que nos casemos antes de que nazca el bebé. No porque me haya dejado manipular por la presión y tradición familiar. Quiero que nos casemos porque este es mi bebé y quiero que nazca con el apellido Silviano.

Imogen lo miró sorprendida y trató de decir algo, pero no pudo. Se sentó de nuevo, y lo miró con incredulidad. Él percibió tristeza en su mirada y detestó haberla disgustado.

No podía acercarse y abrazarla como deseaba. Si lo hacía, mostraría sus emociones y eso era algo que nunca había hecho… Excepto durante aquella semana en la isla.

–Imogen, no os faltará de nada.

–Me has traído aquí con la excusa de presentarme como tu prometida y contarle a tu padre enfermo que estamos esperando un bebé. Aceptaste que yo quisiera regresar a Inglaterra. El matrimonio no formaba parte del trato. ¿Ahora cambias las normas y las condiciones y dices que debemos casarnos?

—Quiero formar parte de la crianza de mi hijo, Imogen. ¿Seguro que puedes comprender que casarnos es la mejor opción? Que será lo mejor para todos nosotros.

—Hay una cosa que quiero, Marco. Una cosa que también querrá mi bebé y que no has mencionado ni una sola vez —las lágrimas afloraron a sus ojos y él se sintió perdido.

—Te he dicho que os daré todo aquello que necesitéis.

Ella negó con la cabeza.

—No todo, Marco. Tu vida de lujo no puede comprarlo todo.

—¿Qué quieres decir?

—No puedo casarme contigo solo porque vayamos a tener un bebé. Ni siquiera puedo ser tu prometida, aunque haré lo que dije que haría en Inglaterra y conoceré a tus padres, pero después quiero regresar a Inglaterra.

—Eso no tiene sentido, Imogen. Soy el padre del bebé.

—Y siempre lo serás. Podrás pasar tiempo con nuestro hijo o nuestra hija siempre que quieras, pero…

—¿Qué?

Imogen miró a Marco unos instantes. Aquel era el verdadero Marco, un hombre dominante que ordenaba y mandaba. El hombre que pensaba que ella haría lo que él deseara.

—¿Y qué hay del amor, Marco? —susurró ella.

—¿El amor? —soltó él.

—Sí, Marco, el amor.

—El motivo por el que quiero que nos casemos es

nuestro bebé, no el amor –pronunció aquellas palabras como si fueran venenosas, tratando de borrar
cualquier esperanza que pudiera tener Imogen acerca
de la posibilidad de encontrar amor después de la
semana romántica que habían compartido.

–Cuando me case, quiero que sea por amor –Imogen trató de no pensar en que nunca encontraría un
hombre que la amara. El efecto de las burlas que
habían sufrido en la adolescencia se manifestó rápidamente, echando por tierra todo el tiempo que había
pasado esforzándose para aceptarse como era.

–Pero estás embarazada de mí.

–Estamos en el siglo XXI, Marco. Eso no significa
que tenga que casarme contigo.

Marco frunció el ceño, pensativo y ella sintió ganas de reír. Había conseguido confundir al director
ejecutivo de Silviano Leisure Group.

–Quiero formar parte de la vida de mi hijo y el
matrimonio me asegurará que sea así, aunque tú in-
sistas en que estemos en diferentes partes del mundo.

–Lo siento, Marco, pero la decisión está tomada.
Una vez haya hecho lo que acordé, regresaré a Inglaterra sin casarme contigo.

–¿Qué más esperas de mí, Imogen?

–Nada más, Marco –se puso en pie y se acercó a
él–. No quiero, ni espero nada de ti.

–Cuando entré en el despacho, Julie y tú estabais
hablando. Ella te decía que debías decírmelo. ¿Seguro que no querías nada de mí?

–Si eso es lo que piensas, no me conoces –dijo
ella con tristeza–. Quería decírtelo por el bien del
bebé. Para mí es importante que mi hijo sepa quién

es su padre, porque la familia lo es todo. Por eso acepté venir hasta aquí.

–Entonces, he de convencerte de que la mejor manera de hacer eso es casándote conmigo y quedándote en Nueva York –se dio la vuelta y le dio la espalda.

–Mañana podemos ir a ver a tu padre, después, me iré a casa –necesitaba conseguir que comprendiera que así no era el matrimonio que ella quería, ni para ella ni para el bebé.

–Te quedarás hasta que hayamos convencido a mis padres y a mi hermana de que lo del matrimonio es en serio, y que criaremos al bebé como a un Silviano.

Imogen tenía las emociones a flor de piel. De hecho, se sentía así desde que había regresado de la isla y lo había achacado a que echaba de menos a Marco. Nunca había pensado que podía deberse a que estaba embarazada. Poco a poco, esas emociones estaban acabando con ella. Tenía que recordarse que lo hacía por el bebé, y por su derecho a pertenecer a la familia Silviano.

–Dos semanas –repuso con firmeza.

–¿Dos semanas?

–Sí. Seré tu prometida durante dos semanas y después regresaré a Inglaterra.

Marco la miró fijamente.

–Te convenceré de que el matrimonio es la mejor opción, Imogen. De que criar a nuestro hijo aquí, juntos, es la única manera.

Capítulo 6

IMOGEN se despertó con la luz del amanecer y, durante unos instantes, se preguntó dónde se encontraba. Había estado toda la noche soñando con todo lo que había sucedido durante los dos últimos días, desde que Marco había llegado a su despacho y escuchado la conversación con Julie. En el sueño, las conclusiones habían sido muy vívidas y marcadas por lo que ella anhelaba, así que no estaba segura de qué parte era verdad y qué parte era producto de su propia ilusión.

Imogen se levantó y caminó por la casa, preguntándose qué debía hacer, hasta que encontró una nota que Marco le había dejado junto a la cafetera. La nota escrita a mano hizo que regresara de golpe a la realidad.

He ido a la oficina mientras duermes. Estate preparada para la hora de comer.

Después de ducharse se puso un vestido suelto de color negro y dedicó un tiempo a maquillarse, como si eso fuera a marcar la diferencia.

Marco no iba a enamorarse de ella y hacer que se cumplieran los sueños que había tenido la noche anterior. Además, después de todo lo que ella había pasado con Gavin, lo último que deseaba era arriesgar de nuevo su corazón.

Poco después estaba sentada en una joyería de Manhattan y todo parecía demasiado real. Ante ella, un muestrario de anillos tan caros que la idea de llevar uno puesto la hacía estremecer.

–Creo que este… –dijo Marco, mientras le agarraba la mano y le colocaba un anillo con un gran diamante engarzado en un óvalo de diamantes pequeños. Le quedaba como si estuviera hecho para ella y, aunque era muy bonito, seguía siendo el símbolo del trato que había hecho con ella a causa de las circunstancias–. Perfecto.

Ella lo miró, incapaz de decir nada. Llevar el anillo que él había elegido y colocado en su dedo como si de verdad tuviera un significado, era muy parecido a lo que ella anhelaba en secreto. Finalmente, consiguió decir:

–¿Ha de ser tan grande y tan caro?

–Sí –la miró muy serio y dijo sin emoción en su voz–. Un anillo como este da un mensaje muy claro.

Imogen se esforzó por mantener el control y trató de impedir que no afloraran en ella las emociones que generaba la idea de comprometerse con alguien de verdad. Marco le había propuesto matrimonio porque estaba embarazada. Y Gavin, lo había hecho únicamente porque todo el mundo esperaba que lo hiciera. Él no la había amado. Y Marco tampoco. Al menos, en esta ocasión sabía cómo era el terreno que pisaba. Tras aquel anillo tampoco habría un final feliz y amor eterno.

–Desde luego –trató de mostrarse tan distante como él, y pensar en todo aquello como un acuerdo y no como un deseo que no conseguiría satisfacer.

–Entonces, ya hemos completado la primera parte de nuestro trato –Marco le indicó a la dependienta que habían elegido el anillo e Imogen esperó a que terminara el pago. El trato estaba sellado. Estaba comprometida con un hombre cuyo hijo llevaba en su vientre, pero nada era verdad.

Al menos, gracias al trato podría contactar con los abuelos del bebé y, en un futuro, podría hablar de ellos a su hijo. La idea la hizo sonreír, y pensó que, pasara lo que pasara, Marco siempre formaría parte de su vida como el padre de su hijo.

–¿Y ahora qué? –preguntó ella momentos después, mientras se acomodaban en el asiento trasero del coche.

–Ahora al hospital –él miraba por la ventana mientras hablaba y ella se preguntó si estaba más afectado por el hecho de que su padre estuviera enfermo de lo que quería mostrar.

Imogen deseó colocar una mano sobre su brazo para tranquilizarlo y decirle que ella estaba allí para apoyarlo. Si le estuviera pasando a ella, se sentiría muy preocupada por su padre y no podría mostrarse tan calmada. Despacio, movió la mano hacia él para mostrarle su apoyo y se fijó en el brillo que desprendía el anillo.

Marco le agarró la mano y miró el anillo antes de mirarla a ella. El ambiente del coche era muy parecido al que habían compartido en la isla.

–El anillo brilla casi tanto como tú, Imogen –dijo

con naturalidad–. Espero que pueda convencerte de que lo lleves siempre.

–¿Tu padre se sentirá lo bastante bien como para recibirnos? –preguntó ella, tratando de desviar la conversación.

–Le sentaría peor saber que tú estabas aquí en Nueva York y que no fuimos a verlo –Marco le soltó la mano–. Es imposible que no le caigas bien, Imogen, y mis padres están entusiasmados con la idea de que van a tener un nieto.

–Espero que tengas razón –dijo ella. Y al ver que él la miraba fijamente, sintió un cosquilleo en el vientre.

–Él agradecerá que hayas viajado desde Inglaterra para conocerlo –dijo Marco–. Igual que yo.

Imogen no sabía qué contestar y se alegró de que el coche llegara al hospital. Una vez dentro, y delante de la puerta de la habitación donde se encontraba el padre de Marco, observó que estaba nervioso y que respiraba hondo para tranquilizarse antes de abrir la puerta.

Ella lo siguió y esperó a que él saludara a su padre en italiano y se sentara. Marco no tocó a su padre para nada, ni siquiera le dio un abrazo o un beso. Ella frunció el ceño al ver que el padre miraba a Marco con tristeza. ¿De veras Marco era tan insensible como para no poder dejar a un lado los problemas que había entre ellos en un momento así?

Imogen se sentía extraña, como si estuviera entrometiéndose en algo. Aquellas personas serían los abuelos de su hijo, pero eran los padres de Marco, su familia. Marco la agarró de la mano y la acercó hacia él.

–Imogen, esta es Mirella, mi madre. Y Emilio, mi padre.

–Encantada de conocerte –dijo rápidamente la madre, acercándose para abrazarla. Imogen miró a Marco desconcertada, pero él y su padre se miraban fijamente, como si estuvieran inmersos en un combate visual. La madre debió percatarse también porque comentó–: Dos hombres testarudos.

–Así que vas a ser padre –comentó el padre de Marco. La tensión invadió la habitación.

Imogen no sabía qué estaba pasando y solo podía mirar a Marco y a su padre.

–Estamos emocionados. Un bebé en la familia –por suerte, Mirella intervino en la conversación.

–Sería estupendo si el bebé fuera un niño –dijo Emilio y centró la atención en Imogen.

Ella tragó saliva, sin saber qué decir y deseando que Marco dijera algo.

–¿El hijo que nunca tuviste? –soltó Marco desde el otro lado de la habitación.

Imogen lo miró confusa.

–Por favor, no… –intervino Mirella.

Imogen miró a Marco, pero él se dio la vuelta y se alejó de la cama de su padre. Estaba tenso, y ella se sentía cada vez más incómoda. ¿Qué quería decir Marco?

Imogen miró a Emilio otra vez y él gesticuló con la mano para que se acercara. Ella dudó un instante y lo complació. No tenía ni idea de qué era lo que había hecho enfadar a Marco de aquella manera, pero él debía de solucionarlo. Si sucediera lo inevitable, se arrepentiría para siempre.

El hombre la agarró de la mano con fuerza y dijo:

–Cuida de él.

–¿Del bebé? –preguntó ella, un poco desconcertada.

–De Marco. Él es mi hijo, independientemente de cómo haya llegado a mi vida. Es mi hijo –Emilio cerró los ojos un segundo y después la miró de nuevo.

Ella frunció el ceño.

–No comprendo.

Emilio le dio unos golpecitos en la mano y la miró fijamente.

–Solo prométeme que cuidarás de él.

Imogen asintió. Deseaba poder darle esperanzas a aquel hombre, pero no tenía ni idea de qué estaba pasando, ni qué estaba prometiendo. Al ver que cada vez estaba más nervioso, lo único que quería era calmar la situación.

–Sí. Cuidaré de él.

No dijo nada más para no hacer falsas promesas. Ya había mentido bastante haciéndole creer a aquel hombre que iba a casarse con Marco.

Notó movimiento dentro de la habitación y sintió el calor del cuerpo de Marco detrás de ella. ¿Se sentiría incómodo mintiendo? A pesar de todo lo que había dicho, estaba convencida de que un bebé no era lo que él deseaba. Marco colocó la mano sobre su hombro y ella suspiró confusa. Lo único que tenía claro era que los dos hombres sentían mucha rabia. Entonces, ¿por qué necesitaba Marco hacer aquello?

–Te veremos esta noche en la fiesta, madre –comentó Marco, desesperado por cambiar de tema. Se sentía molesto por lo que le había dicho su padre a

Imogen. Si Emilio se sentía de esa manera, debería habérselo dicho hacía mucho tiempo en lugar de apartarlo y hacer que se sintiera distinto, como si no perteneciera a esa familia. Él no debería haberlo castigado durante todos esos años.

Marco prometió en ese mismo instante que nunca le haría lo mismo a su hijo. Que nunca se sentiría rechazado. Quería estar a su lado para siempre, pero convencer a Imogen era otra historia. Imogen no había dudado en decirle que lo que deseaba era amor. Lo único que le había faltado a él durante su infancia y el único sentimiento con el que no quería implicarse como adulto. Lo único que no podía ofrecer.

–Vuelve a verme otro día, Imogen –dijo el padre, marcado por el cansancio de los últimos minutos. Mientras Imogen y él se dirigían a la puerta, Marco la notó dubitativa. La miró y supo lo que estaba pensando. Estaba convencida de que él era el hombre duro e insensible.

–Vendré y te contaré como ha ido la fiesta –contestó ella.

Marco no se atrevió a mirarla, pero notó que hablaba con una sonrisa y supo que se había ganado a su padre.

Él no tenía otra alternativa aparte de explicarle a Imogen que el hombre que estaba tumbado en la cama del hospital no era su padre verdadero. Le sorprendía que le importara lo que ella pensara de él, algo que nunca le había sucedido en sus anteriores aventuras amorosas. Aunque Imogen no era solo una aventura. Era la madre de su hijo.

Eso le recordó la conversación que habían mantenido momentos antes, cuando su padre había dicho que él era su hijo a pesar de todo. La rabia se apoderó de él con fuerza. Por suerte, consiguió calmarse pensando en que nunca le daría la espalda a su hijo y que formaría parte de su vida día tras día. Debía convencer a Imogen de que el matrimonio era la única manera de que él pudiera formar parte de la vida de su hijo y criarlo como a un Silviano.

–Mi hermana le contará a mi padre todo lo relativo a la fiesta. No es necesario que te molestes yendo a visitarlo otra vez –soltó Marco mientras se sentaban en el coche y se dirigían hacia su apartamento. Imogen había permanecido en silencio desde que salieron del hospital y Marco sabía que había notado la tensión entre su padre y él. También, que ella tenía muchas preguntas sin respuesta.

–No es molestia –dijo ella, mirando por la ventana–. Después de todo, es para lo que me has traído aquí.

–No es necesario.

–Es el abuelo de mi hijo y está enfermo –dijo Imogen, mirándolo fijamente–. ¿Qué quería decir con eso de que eres su hijo, pase lo que pase?

–Hay cosas que no sabes acerca de mi padre. Cosas que yo no sabía hasta hace poco.

Marco recordó la noche en que su padre ingresó en el hospital. Su hermana se había ido a casa, y él se había quedado con sus padres. La madre le contó el secreto mientas su padre dormía.

Marco todavía podía oír sus palabras:

–El hermano de tu padre, el hombre que tu conoces como el tío que se mató en un accidente de tráfico, es tu padre biológico.

Él se quedó paralizado observando a su padre en la cama, sedado y enganchado a las máquinas, mientras intentaba asimilar lo que su madre había dicho. Por primera vez en su vida se había quedado sin palabras, pero su madre continuó hablando.

–No estoy orgullosa de ello, pero tuve una aventura mientras estaba comprometida con Emilio. Tú eres el resultado de esa aventura y el asunto fue un gran problema en mi familia. Sin embargo, después del accidente, el hombre del que me había enamorado primero me dijo que seguía queriendo casarse conmigo, que no le importaba quién fuera el padre del bebé.

–¿Porque yo era la continuación de la familia Silviano?

–Porque me amaba –dijo, suplicándole perdón con la mirada–. Y porque deseaba quererte a ti también.

Marco se quedó desconcertado con la idea de que su tío había desempeñado el papel de padre y fue incapaz de permanecer en la habitación con el hombre que siempre había pensado que era su padre. Se dirigió al pequeño café que había montado su abuelo hacía montones de años, buscando la tranquilidad que aquel viejo edificio le proporcionaba. De pronto, todas las piezas de su vida encajaron y comprendió por qué nunca había sido capaz de complacer a su padre. A pesar de lo que su madre había dicho, el hombre lo rechazaba por ser el hijo de su hermano, y al no tener un hijo propio lo castigó por ser el heredero de la familia Silviano.

Fue entonces cuando supo que debía marcharse de Nueva York. Lejos. La última isla que se había comprado era el lugar perfecto y, al mirar la foto antigua de su abuelo que había en el café, sintió como si él lo hubiera guiado hasta allí. Marco nunca se tomaba tiempo para relajarse, así que la visita a la isla sería suficiente para escapar de la realidad durante un tiempo.

Marco negó con la cabeza y se forzó para volver a la realidad.

–¿Cosas acerca de tu padre? ¿Qué tipo de cosas? –preguntó Imogen–. Me has traído aquí para mostrarle mi embarazo a tu padre, y ahora me dices que no vuelva a verlo. ¿Qué pasa, Marco?

Un sentimiento de vergüenza se apoderó de él. Eso era lo que había hecho. Al menos, eso era lo que le había hecho creer. Trató de no pensar en ello y miró a Imogen, la mujer que trataba de comprender sin juzgarlo.

Finalmente, Imogen cedió ante la tentación de tocar a Marco y le acarició el brazo.

–Sería tonta si no me hubiera dado cuenta de que tu padre y tú no os lleváis bien. De algún modo, intentas demostrarle algo al traerme aquí para que lo conozca –vio que se ponía tenso y se preguntó si no habría ido demasiado lejos–. Quiero volver a verlo, Marco. La familia significa mucho para mí. Pase lo que pase entre nosotros en un futuro, Marco, tus padres, son la familia de mi hijo.

–Lo comprendo, Imogen, pero, por favor, no pienses que nuestro hijo va a hacer que mejore la relación con mi padre, porque no será así.

–¿Cómo puedes estar tan seguro?

Marco colocó la mano sobre la de Imogen y la miró a los ojos. Por un instante, fue como regresar a la isla con ella, pero enseguida ella volvió a erigir sus barreras.

–La mentira que compartimos él y yo ha durado demasiado.

–Es tu familia.

–Familia sí, pero no es mi padre. Él ha hecho que mi madre me lo ocultase durante todos estos años, incluso puso su nombre en mi certificado de nacimiento –la voz de Marco denotaba dolor y ella se contuvo para no abrazarlo y tratar de calmarlo.

–¿Por qué lo hizo?

–Mi madre tuvo una aventura con Giancarlo, el hermano de Emilio, a pesar de que estaba comprometida con él. Los pillaron, pero justo días después Giancarlo se mató en un accidente de coche. Mi madre estaba embarazada de mí…

–Oh, cielos. Tu padre, o más bien el hombre que siempre habías pensado que era tu padre, debía querer mucho a tu madre.

–Quizá era eso –la dureza del tono de Marco la hizo estremecer–, pero Emilio no es mi padre.

–Oh, Marco –dijo Imogen–. El hombre que está en el hospital es tu padre. Él te ha criado. Incluso ha dicho que eres su hijo.

El coche se detuvo frente a la tienda de ropa e Imogen se quejó en silencio al ver que el momento de intimidad desaparecía. Había estado a punto de conocer al verdadero Marco.

Marco retiró la mano y dijo:

–He pasado toda la vida tratando de complacerlo. Me encargué de su cadena de hoteles y la expandí por todo el mundo, pero no fue suficiente. Yo era el hijo con el que no encajaba, el que lo decepcionaba, y ahora ya sé por qué. Yo no era su hijo. Era el hijo de su hermano, y no seré el verdadero hijo que dejará el apellido Silviano a la siguiente generación.

–¿No pensarás eso de verdad?

Él respiró hondo, y ella esperó unos segundos, pero al ver que él miraba el reloj supo que el instante había pasado.

–Nos quedan pocas horas. Estoy seguro de que aquí encontrarás algo adecuado.

Imogen no quería entrar a comprar nada. Quería seguir en el coche para poder hablar más con Marco, pero sabía que era imposible. Marco le había contado lo suficiente para que ella comprendiera por qué había tensión entre él y el hombre del hospital. También sabía que no conseguiría nada de él, y no comprendía por qué pensaba que el matrimonio era la solución.

–No estoy segura de que debamos hacer esto –comentó ella.

–¿Qué? –Marco frunció el ceño y se bajó del coche–. ¿Comprar un vestido?

Ella estuvo a punto de reírse. Su sentido del humor le recordó al hombre que había conocido en la isla, pero la realidad nublaba su deseo.

–Ir a la fiesta, comprometernos, incluso comprar un vestido.

Él sonrió.

–Necesitamos hacer todas esas cosas, Imogen.

Como he dicho antes, no quiero que nadie dude de que estamos comprometidos.

–¿Por qué? –preguntó ella mientras entraba a la tienda y miraba asombrada la gran variedad de ropa.

–Porque no he abandonado la idea de que nos casemos.

–Eso no es lo que yo acepté, Marco. He venido a conocer a tu padre porque está enfermo.

–Vamos a tener un bebé, Imogen. Eso nos unirá para siempre. Y yo quiero criar a ese niño como a un Silviano, entonces, ¿por qué no casarnos?

–Porque no nos queremos.

Él la miró un instante y respiró hondo.

–Como te dije, yo no he abandonado todavía.

Imogen se quedó paralizada mientras él se dirigía hacia el otro lado de la tienda. ¿De veras pensaba que todo se arreglaría solo porque él lo deseaba? Ella miró a las dependientas y deseó estar en cualquier otro sitio menos ahí. Marco y ella debían solucionar aquello inmediatamente.

Marco se volvió para mirarla y gesticuló para mostrarle los vestidos que había a su alrededor.

–Esta es la tienda favorita de mi hermana Bianca. Estoy seguro de que encontrarás algo para esta noche.

Momentos más tarde, Imogen se dirigió hacia los probadores acompañada de una dependienta. Se probó varios vestidos y, finalmente, salió con un vestido de seda de color dorado que tenía unos pliegues para disimular su vientre abultado.

–Este es el vestido perfecto –le dijo a la dependienta, y salió para mostrárselo a Marco.

Él la miro de arriba abajo, despacio, y ella se sintió como si la hubiera acariciado. Después, la miró a los ojos y ella percibió deseo en su mirada. Sus ojos tenían la misma expresión que la noche en que habían hecho el amor, y ella se estremeció de placer.

–*Bellissima* –dijo él con tono seductor.

–Creo que este es el vestido adecuado –dijo ella, tratando de no mostrar ninguna reacción ante sus palabras.

Él asintió.

–Sí, es el vestido adecuado. Esta noche deslumbrarás a la ciudad de Nueva York.

Capítulo 7

IMOGEN entró en la fiesta agarrada del brazo de Marco. El vestido dorado que llevaba hacía que se sintiera muy especial, aunque no llegara a ocultar del todo su vientre abultado. Ella miró a su alrededor mientras cruzaban la sala, e imaginó lo que algunas personas debían comentar acerca de su embarazo y de por qué Marco se había comprometido con ella.

Estaba nerviosa. Con la cabeza bien alta, sonrió a los invitados que los saludaban y permaneció junto a Marco. Era la cosa más incómoda que había hecho hasta entonces. Esa, y contarles a sus padres lo de Marco. Hacerles creer que Marco y ella estaban enamorados había sido tan difícil como tener a toda la élite de Nueva York mirándola.

El salón de baile del elegante hotel de la Quinta Avenida era precioso. Marco estaba muy atractivo vestido con un esmoquin y ella sabía que, si no tenía cuidado, sucumbiría ante sus encantos.

–¡Hay tantos invitados! –exclamó ella, sin soltar la mano de Marco.

–Mi hermana –dijo Marco, mientras la guiaba hasta dos mujeres altas de cabello oscuro–. Bianca.

–He oído hablar mucho de ti –dijo Bianca mientras besaba a Imogen en las mejillas. Su sonrisa y su mirada eran muy cálidas y a Imogen le pareció simpática nada más verla.

–No me extraña que mi hermano no quisiera regresar de su isla.

Imogen se rio para disimular su sorpresa. ¿Bianca sabía que Marco y ella habían estado juntos en la isla? ¿Había hablado con Bianca sobre ella cuando se vieron en Oxford? Una brizna de esperanza comenzó a surgir en su interior.

–Y estamos emocionados con el bebé –dijo Bianca mientras Marco hablaba con otros invitados–. Un bebé es justo lo que Marco necesita.

Ahí estaba otra vez. Marco necesitaba un bebé.

–Ha debido ser una gran sorpresa –dijo Imogen.

–No, sorpresa no. Sabíamos que él sería quien daría continuidad al apellido de la familia –dijo Bianca con una sonrisa que apenas denotaba tristeza–. Ha sido una bonita sorpresa y me alegra mucho que vayáis a casaros y que tú vayas a quedarte en Nueva York.

–No estoy segura de que eso esté decidido –Imogen confiaba en que la conversación no profundizara en el tema del matrimonio.

–Sea como sea, estoy encantada de tener una nueva hermana –comentó Bianca, mientras se disponía a atender a otros invitados–. Hablaremos pronto, ahora Marco y yo tenemos que saludar a otros invitados.

Marco se acercó a ella y sonrió, provocando que una ola de deseo la invadiera por dentro. Ella anhelaba que todo aquello fuera real, pero, sobre todo, que él los quisiera tanto como los necesitaba.

–Bianca es muy simpática –dijo Imogen, tratando de no pensar en lo imposible.

–Lo dices como si no pudiera tener una hermana simpática –bromeó él, agarrándola del brazo para guiarla hasta un grupo de hombres y mujeres elegantemente vestidos. Era algo surrealista. Nunca se había imaginado alternando con gente tan glamurosa.

–Me preguntaba cómo sería ella –bromeó Imogen con una sonrisa–, pero no se parece en nada a ti.

Él arqueo las cejas como si estuviera indignado.

–Ten cuidado, Imogen, si bromeas demasiado puede que te haga pagar por ello –sus ojos se oscurecieron provocando que ella se estremeciera.

–¿Y cómo piensas hacerlo? –Imogen no podía parar. De pronto, era como si estuvieran de nuevo en la isla. Como si estuviera con el hombre que había conocido al principio. Marco, el hombre sexy y despreocupado.

Él se inclinó hacia ella y le susurró al oído con tono seductor:

–Te besaré hasta que no puedas hacer nada más aparte de suplicarme que siga.

Ella se sonrojó. Ese era el hombre que había conocido al principio, y deseaba estar a solas con él. Por suerte, se libró de contestar porque una pareja se acercó para felicitarlos.

La fiesta continuó durante las horas siguientes e Imogen trató de no ponerse demasiado nerviosa mientras saludaban a unos y a otros. Era evidente que Marco era un hombre al que mucha gente apreciaba. Cuando empezó a sonar música más tranquila, aprovechó la oportunidad para hablar con Marco sobre lo que Bianca había comentado.

–Creo que debemos ir a la pista –la cautivó con una sonrisa y ella no pudo evitar sonreír también–. Todo el mundo espera que bailemos juntos.

–Me encantaría –dijo ella, mientras recordaba la noche que habían bailado juntos. Le dio la mano y lo siguió hasta la pista. La música era romántica y amenazaba con derrumbar las barreras que ella había erigido para protegerse y no enamorarse de ese hombre.

Su manera de mirarla al tomarla entre sus brazos no dejaba duda acerca de que él también intentaba luchar contra esa atracción. Era como estar en la isla otra vez. Imogen notó la palma caliente de Marco contra su espalda y no pudo evitar acercarse más a él. Al sentir su vientre abultado contra el cuerpo, Marco arqueó las cejas.

La sensación la sorprendió. Era tan íntima y poderosa que provocó que los recuerdos de la noche que habían pasado juntos invadieran su cabeza.

–No podemos resistirnos siempre, Imogen –le susurró Marco al oído.

–Sí podemos –dijo ella–. Ya no se trata de nosotros.

–Estás equivocada, *mia bella* –dijo él. Era demasiado. Su voz era muy sexy, y bailar con él, vestido con un esmoquin como la noche de la isla, provocaba que no pudiera pensar con claridad. No podía dejarse llevar por el romanticismo del momento, no cuando solo estaba con él por el bebé que llevaba en el vientre–. Se trata de nosotros. De ti, de mí, y de nuestro bebé.

–Por favor, Marco –susurró ella con el corazón acelerado–, no digas lo que no piensas.

Marco inclinó la cabeza y se detuvo con la boca muy cerca de sus labios.

–Hablo en serio, Imogen. Quizá esto te lo demuestre.

La besó en los labios con suavidad, como si fuera un copo de nieve posándose sobre ella en un día de invierno, pero aquel beso, generó un fuerte calor en su interior, como el que genera el sol del desierto. Ella se estremeció y respiró hondo decidida a resistirse, a evitar que le robaran el corazón. Un beso no significaba que él pudiera darle lo que ella deseaba… Amor.

No obstante, ese beso demostraba que ella no se sentía indiferente ante él, que todavía lo deseaba a él, y que anhelaba la ilusión de la fantasía que habían compartido en la isla. ¿Era tan malo que deseara pasar una noche más con él? ¿Permitirse una noche romántica por última vez?

Pasara lo que pasara entre ellos después de aquella noche, e independientemente de en qué parte del mundo se encontraran, siempre estarían unidos por el bebé que ella albergaba en su vientre. Por tanto, ¿no podía disfrutar de la fantasía un poco más, antes de regresar a Inglaterra?

Marco sintió la cálida respiración de Imogen y percibió el sabor del zumo de naranja que ella había bebido durante la noche, pero, sobre todo, notó el bebé entre sus cuerpos. Al momento, se convenció de que casarse con Imogen, y mantenerla en su vida, no era solo lo que necesitaba, sino lo que deseaba. No permitiría que su hijo creciera sin que él formara parte de su vida.

–Eso solo demuestra que todavía nos deseamos –lo miró–. No significa que tengamos que estar juntos, Marco.

Ella lo miró con reproche. Y él tuvo que contenerse para no reír, ni besarla. Estaba tan guapa con aquel vestido dorado que resaltaba su silueta y mostraba su embarazo. Él se sentía orgulloso, Imogen era su prometida y llevaba a su hijo en el vientre. Un hijo que podría ser el heredero que él necesitaba. Aquella mujer era todo lo que él necesitaba. Y más.

Debía convencerla de que casarse era la mejor opción, por muchos motivos.

–Quizá escapamos de la realidad cuando estuvimos en la isla, pero esa evasión ha alcanzado la realidad, Imogen, y ahora hay que cambiar la realidad.

–Por favor, no estropees esta noche –suplicó ella, susurrando–. No hables de mañana, ni de ningún día futuro. Quiero que esta noche sea sobre nosotros, no sobre la realidad.

El mensaje de sus ojos era tan claro como había sido el día de la playa, cuando él le mostró la sorpresa que había preparado para su noche de pasión.

Ella había deseado mucho más que un beso, y esa noche, sus ojos mostraban el mismo deseo.

–Solo esta noche –le prometió él con un susurro justo cuando la música se detenía.

Ella apoyó la cabeza sobre su hombro y un fuerte instinto protector se apoderó de él. Cuando comenzó la siguiente canción, él la abrazó con más fuerza. Deseaba estaba a solas con ella en su apartamento, en lugar de en aquel hotel de lujo de Silviano Leisure Group.

–¿Podemos irnos? –preguntó ella, mirándolo a los ojos.

Marco supo que, si no se marchaban en ese mismo instante, no sería capaz de mantener el control.

–*Sí, mia bella* –apenas solía hablar italiano fuera de su familia, pero Imogen había conseguido derrumbar las barreras que él había construido hacía mucho tiempo–. Podemos irnos.

Marco la agarró de la mano y la guio entre los invitados. Solo deseaba una cosa: estar a solas con Imogen.

–Tu madre acaba de llegar.

Las palabras de Imogen lo hicieron detenerse y él le agarró la mano con más fuerza.

Mirella se había vestido para la fiesta lo que demostraba que su padre estaba bien, pero aún así, el pánico se apoderó de Marco. Al ver que su madre recorría la sala con la mirada, buscando a Bianca o a él, Imogen le tocó el brazo y le dijo:

–Debemos ir a verla.

Él asintió y suspiró.

–Sí.

Marco se dirigió con Imogen hacia su madre y vio cómo se alegraba al verlos. Un sentimiento de culpa se apoderó de él. Su madre creía que lo que había entre ellos era real, y eso la hacía estar más feliz de lo que había estado en mucho tiempo. La enfermedad de Emilio había pasado factura a aquella mujer.

–Aquí estáis –dijo con una amplia sonrisa.

Marco se sintió más culpable todavía. Sabía que lo único que su madre deseaba era que se asentara y fuera feliz en la vida. Él estaba enfadado con el hombre con el que se había casado, enfadado por el hecho de que lo hubiera mantenido a distancia todos esos años. Al menos, todo había cobrado más sentido. Solo deseaba saber por qué le había costado tanto tiempo contárselo. ¿Su madre sabría cómo había contribuido a distanciar a su hijo del hombre con el que se había casado?

—¿Cómo está tu marido? —preguntó Imogen al sentir que el ambiente se volvía tenso.

—Bastante bien, gracias —dijo su madre, y se volvió hacia Marco—. Vuestra llegada ha contribuido a su mejora y, el pequeño… —miró hacia el vientre de Imogen con cariño—. Este pequeño hará que la familia esté unida.

Imogen se quedó desconcertada. No sabía qué decir, y menos después de saber lo que Mirella le había confesado a Marco.

—Si el bebé es niño, será el heredero de la familia Silviano, independientemente de quién sea mi padre —soltó Marco—. No tengo secretos para Imogen. Ella sabe la verdad.

Imogen respiró hondo al ver que Mirella ponía cara de dolor. No sabía por qué había guardado el secreto acerca de quién era el padre biológico de Marco durante tanto tiempo, pero seguro que debía tener un buen motivo.

—Sin duda, lo será —dijo la madre—, pero eso no es lo que nos importa, Marco. Estamos felices de que el amor haya entrado a formar parte de tu vida.

Marco frunció el ceño, pero su madre continuó:

–Por favor, no sigas culpando a Emilio. Tu padre ha estado muy enfermo y ¿quién sabe cuánto durará su mejora?

Marco se pasó la mano por el cabello y miró a Imogen. Durante un momento, fue como si estuvieran solos los dos. El ruido de los invitados, de la música, todo, incluso la presencia de su madre se desvaneció. La poderosa conexión que habían sentido en la isla estaba allí, e Imogen le suplicaba con la mirada que escapara con ella.

–Por favor, Marco, inténtalo –las palabras de Mirella provocaron que Imogen volviera a la realidad, a la tensión que había entre la madre y el hijo.

Marco miró a su madre y después a Imogen. Sonrió y la expresión de su rostro se relajó.

–Lo haré; por Imogen y por el bebé. Lo haré.

Su promesa solo sirvió para que Imogen se sintiera todavía más implicada en aquel engaño, y Marco se sintió culpable al ver que ella se sentía muy incómoda con la situación.

–Ven a vernos al hospital otra vez –le dijo la madre a Imogen.

–Sí, de acuerdo…

–Mañana tenemos que ir al hospital a que le hagan una ecografía. Os llamaremos después –intervino Marco, e Imogen lo miró.

Ella sonrió a Mirella, actuando tal y como él le había pedido que hiciera, sin embargo, los momentos en que ella lo había mirado del mismo modo que en la isla, habían hecho que él se sintiera merecedor de cariño, incluso, quizá, de amor.

Imogen se despidió de Mirella mientras Marco trataba de asimilar la implicación de todo lo que le había pedido que hiciera a Imogen. Molesto por el rumbo de su pensamiento, Marco se apresuró para salir de la sala, ansioso por escapar del engaño en el que Imogen se había visto obligada a participar.

–Marco, espérame. Voy con tacones –el tono de Imogen mostraba una pizca de pánico.

Él se detuvo y se volvió hacia ella.

–Lo siento, no me he dado cuenta.

–Está bien –dijo ella, acercándose.

Él deseaba abrazarla, demostrarle que la atracción que había surgido entre ellos seguía allí, a pesar de la realidad.

–Imogen –Marco la abrazó y le acarició la espalda–. Te deseo. Quiero perderme en la pasión que surge entre nosotros.

Inclinó la cabeza y la besó en los labios, deseando mucho más que un beso. Ella se estremeció y lo abrazó. La idea de amar y ser amado lo asustaba. «Es pasión lo que necesito», pensó él, mientras ella lo besaba y le suplicaba mucho más. Él no tenía miedo de ofrecerle aquello. No tenía miedo de que la pasión los consumiera una vez más.

La abrazó con fuerza y le acarició la cintura. Después, deslizó las manos por su cuerpo, explorándola. Imogen notó que los pezones se le ponían turgentes bajo sus dedos y suspiró. Él la besó de forma apasionada, alimentando su deseo.

Al oír que un hombre tosía al pasar, ella se separó de Marco y lo miró.

—Llévame a casa, Marco —susurró ella, con sus ojos azules oscurecidos por el deseo.

—Nada me resultaría más placentero —dijo él, quitándose la chaqueta para colocársela sobre los hombros.

Marco la rodeó por los hombros y la llevó hasta el ascensor, e igual que la noche que habían compartido en la isla, la pasión que había surgido entre ellos solo tenía un final posible.

Capítulo 8

CUANDO Marco e Imogen llegaron al apartamento, el deseo se había apoderado de ellos por completo. La vuelta a casa, sentados en la parte trasera del coche, había sido una prueba de control que él no quería volver a realizar. El rostro de Imogen, iluminado por las luces de la ciudad, mostraba su inocencia. Y eso había sido lo que había evitado que él continuara con lo que había empezado en el hotel.

Marco abrió la puerta y esperó a que Imogen entrara en el salón. Ella se dirigió hasta el ventanal para contemplar la vista y él permaneció observándola. Imogen lo estaba seduciendo y ni siquiera lo sabía. ¿O era que él estaba perdiendo el autocontrol?

–Me gustaría ir allí –dijo ella, como si ni siquiera fuera consciente de estar hablando.

Él se acercó a ella.

–¿Dónde?

–Al Empire State Building.

Marco la miró confundido. Nunca llevaba a las mujeres con las que salía a sitios así, nunca complacía sus deseos por temor a infundirles esperanzas acerca de una posible relación. Siempre había pensado que era más seguro mantener ocultas sus emociones. Sin embargo, algo había cambiado. No quería seguir siendo un hombre duro e insensible con Imogen. Quería hacerla feliz.

—Entonces, te llevaré.

La miró y se fijó en cómo el vestido de seda dorado se ceñía a su cuerpo. Estaba muy sexy. Y por la espalda no se notaba que estaba embarazada. Se acercó a su lado y la besó en la nuca.

—Marco —ella susurró su nombre, provocando que él ardiera de deseo.

Su nombre nunca le había parecido tan sexy y él nunca había deseado tanto a una mujer. Ella tenía la cabeza apoyada contra su hombro y lo miraba como suplicándole que la besara.

Él se resistió a la tentación y le retiró los tirantes del vestido para besarle los hombros. Deseaba desabrocharle la cremallera del vestido para ver su piel desnuda.

—Te deseo, Imogen —suspiró contra su piel—. Esta noche.

Estaba dispuesto a hacer cualquier cosa para sentir la libertad que había encontrado la noche que pasó en la isla con Imogen. Había sido muy diferente a otras aventuras que había tenido, y anhelaba experimentarla exactamente igual. Respiró hondo para intentar mantener el control. No quería presionarla demasiado pronto.

—Yo también te deseo, Marco.

Él le acarició la piel desnuda y comenzó a bajarle la cremallera de la parte trasera del vestido. Incapaz de resistirse, inclinó la cabeza y comenzó a besarla a lo largo de la columna vertebral.

Imogen suspiró y sujetó la tela del vestido contra sus senos. Al ver que arqueaba la espalda, él supo que no quería que parara. Igual que la noche de la isla, ella se estaba dejando llevar por el deseo tanto como él.

Ella se volvió despacio y dijo:

−¿Siempre seduces a las mujeres junto a la ventana para que todo el mundo lo vea?

−Nunca −negó con la cabeza. Solo podía pensar en desnudarla del todo−. Quítate el vestido, Imogen. Solo estamos nosotros frente a la oscuridad de la noche.

Ella sonrió y, al momento, la Imogen que él había llevado a Nueva York, dejó paso a la Imogen sexy con la que había hecho el amor en la isla.

−¿Estás seguro?

−Completamente −dijo él, dando un paso atrás para mirarla y contemplar su imagen. Tenía el cabello alborotado y el rostro sonrojado por el deseo.

−En ese caso… −bromeó ella con tono sexy.

Imogen soltó el vestido y se quedó ante él con tan solo los zapatos de tacón y la ropa interior. Sus brazos todavía le cubrían los senos, pero no podían ocultarlos por completo.

−Dios mío −dijo él, incapaz de apartar la vista de su cuerpo y fijándose en su vientre abultado−. *Bellissima*.

−No comprendo italiano −dijo ella, y se acercó a él−, pero sé lo que eso significa. Nadie me ha llamado así nunca.

−Entonces, te lo diré otra vez, Imogen. Eres muy bella −se acercó y le sujetó el rostro, besándola en los labios y tratando de ignorar que estaba completamente desnuda mientras él hablaba contra su boca–. Eres muy bella.

–Si lo dices una vez más, quizá empiece a creerte –el tono alegre de sus palabras contrastaba con la vulnerabilidad de su mirada.

Marco había sentido esa vulnerabilidad cuando su padre lo regañaba de pequeño. Él había estado desesperado por recibir el amor de su padre.

¿Imogen sentiría lo mismo? ¿Estaría desesperada porque él la quisiera? Decidió no pensar en ello y dejarse llevar por el deseo.

–Eres muy bella, Imogen –susurró él, y la besó en los labios. La emoción del momento lo llevó al lugar donde Imogen lo había llevado la noche de la isla.

Imogen contuvo la respiración mientras Marco susurraba aquellas preciosas palabras contra sus labios. Empezó a temblar. Estaba casi desnuda, y la mirada seductora de Marco la empoderaba, borrando cualquier rastro de las dudas que la traición de Gavin le había hecho sentir acerca de su cuerpo.

Le parecía muy fácil creer que aquello era algo más que deseo, enamorarse de él, y tenía miedo de que, si no se controlaba, acabaría siendo así.

–Marco –susurró, dejándose llevar por la ilusión de que estaban en la isla de nuevo.

Al sentir que él colocaba la palma de la mano sobre su vientre, ella suspiró. Y lo miró. La expresión de su rostro era nueva para ella. Era como si estuviera asimilando que iba a tener un hijo con ella por primera vez. Esperaba que al día siguiente, cuando fuera a hacerse la ecografía, él estuviera tan nervioso como ella.

–Mi bebé –susurró él, acariciándole el vientre.

–Nuestro bebé –dijo ella, mirándolo–. Mañana podremos verlo.

–Sí –dijo él, y la besó en el vientre–. Aunque ahora tengo cosas más importantes en las que pensar.

–¿Qué cosas? –preguntó ella, desconcertada.

–Llevarte a mi cama –la besó despacio, y la abrazó–. Trasladarnos a un lugar donde podamos evadirnos una vez más. Perdernos el uno en el otro como si nada importara.

Era lo que ella deseaba más que nada en el mundo. Nunca había experimentado tanto deseo y si lo que él le ofrecía era otra noche de deseo, la aceptaría, confiando que después llegaran más. Y en que el bebé que llevaba en el vientre fuera todo lo que él necesitara para que permanecieran juntos.

–Entonces, llévame a tu cama, Marco. Quiero evadirme contigo.

Marco la tomó en brazos y la llevó hasta la puerta de su dormitorio.

–Podría hacer esto de verdad, si aceptaras mi sugerencia.

–¿El qué? –se rio ella, preguntándose por qué hablaba tan serio.

–Cruzar el umbral contigo en brazos.

–Eso se hace cuando uno se casa –se rio ella, pero se percató de que él no se estaba riendo.

–Y eso es lo que creo que debemos hacer.

–No lo estropees –susurró ella. Se casaría con él

si la amase de verdad, pero no era amor lo que compartían, sino deseo–. No quiero hablar de esto ahora.

–Tengo maneras de hacerte cambiar de opinión.

Marco volvió a mostrar todos sus encantos y se rio al abrir la puerta.

–Primero, te besaré de arriba abajo.

–Suena de maravilla –se rio ella–. ¿Y después?

–Te haré el amor de forma apasionada durante toda la noche. Voy a demostrarte que el ardor que hay entre nosotros, junto al bebé que llevas en el vientre, indica que debemos casarnos.

Imogen sintió que se le detenía el corazón. Él deseaba hacerle el amor. ¿Eso significaba que sentía algo más por ella que pura atracción sexual? La esperanza se apoderó de ella, rompiendo la barrera que había construido alrededor de su corazón cuando Gavin la traicionó.

–¿El ardor que hay entre nosotros? –repitió ella, mientras él la abrazaba con fuerza junto a la cama. ¿Intentaba decirle que él podía darle lo que ella necesitaba?

Marco la tumbó en la cama y comenzó a quitarse la chaqueta, la corbata y la camisa. Después se colocó sobre ella, cargando el peso sobre sus brazos, y comenzó a besarla por el cuello, los senos, el vientre… Ella cerró los ojos y suspiró.

Al sentir que él colocaba la mano sobre su tobillo, se sobresaltó. Abrió los ojos y lo miró. Él sonreía y ella notó que su corazón se llenaba de emociones que había pensado que nunca volvería a experimentar. Sin embargo, esa vez era diferente. Eran emociones mucho más poderosas de las que había sentido por Gavin.

–Tienes que quitarte esto –dijo él, mientras le desabrochaba las sandalias doradas y las dejaba en el suelo. La miró con una amplia sonrisa y ella sintió que se le aceleraba el corazón al pensar en cómo deseaba que él la amara. Deseaba que ese momento fuera real, y no una simple evasión como él lo había llamado.

Igual que había hecho la noche de la playa, él le acarició las piernas y comenzó la exquisita tortura, pero esta vez era distinto, mucho más placentero que la primera vez. Ella cerró los ojos y permitió que él la llevara al límite. Justo cuando pensaba que ya no podía aguantar más, él cesó el tormento y se centró en quitarle la ropa interior, tirándola al suelo. Ella lo miró admirada mientras él se quitaba el resto de la ropa se colocaba sobre ella, cubriéndole el cuerpo desnudo.

Imogen cerró los ojos otra vez y se perdió en el momento, dejándose llevar una vez más por la fantasía de que Marco la amara.

Marco se resistió ante las ganas de abandonarse, de ceder a las exigencias de su cuerpo y perder el poco autocontrol que le quedaba. Quería ser amable, hacer que aquello fuera tan placentero para Imogen como lo había sido la primera vez que hicieron el amor en la playa. Imogen le rodeó el cuerpo con las piernas. El ardiente deseo que los había unido en la isla seguía vivo y lo único que él deseaba hacer era demostrar, no solo a Imogen, sino también a sí mismo, que los uniría todavía más, que era lo que necesitaban para hacer que su matrimonio funcionara.

Marco la penetró despacio y dejó de pensar en todo aquello que no fuera el placer del momento. En esos instantes, nada importaba, y mientras ella lo acompañaba en cada movimiento, él no podía pensar en otra cosa que no fuera en esa mujer.

–Marco, Marco… –Imogen pronunció su nombre mientras se agarraba a sus hombros con fuerza.

Marco se esforzó para ser delicado, pero su voz seductora amenazó su autocontrol mientras Imogen suplicaba que la llevara al clímax.

Él la besó para que ninguno de los dos hablara. Las palabras no eran necesarias para demostrar lo bien que estaban juntos. La pasión y el ardor del momento lo demostraría.

Imogen suspiró contra su boca cuando una ola de pasión se apoderó de ella, y se lo llevó a él también. Marco se esforzó por continuar con el mágico momento, pero su cuerpo estaba saciado y se retiró a un lado, abrazándola, inhalando el aroma de su perfume mientras ella restregaba la espalda contra su vientre.

Él le cubrió el vientre abultado y cerró los ojos. Nunca había conocido tanta paz, tanta felicidad.

Debió de quedarse dormido, aunque no sabía durante cuánto tiempo. Cuando despertó, Imogen se había levantado de la cama y, vestida con su camisa, estaba junto a la ventana contemplando la ciudad al amanecer.

Él nunca se había quedado dormido junto a una mujer después de haber mantenido relaciones sexuales con ella. Al menos no había llegado a tener un sueño profundo como aquel, y nunca había mostrado tanta cercanía con otra mujer como la que había mostrado con Imogen al abrazarla. ¿Sería solo porque ella llevaba a su hijo en el vientre? La pregunta permaneció en su cabeza unos instantes, pero Marco decidió centrarse de nuevo en Imogen.

De una manera que nunca había experimentado, él deseaba complacerla para hacerla feliz, y si eso implicaba hacer el turista y subir al Empire State Building, lo haría.

—Te llevaré hoy allí.

—¿Te he despertado? —su voz todavía estaba marcada por la pasión. Tenía la melena rubia alborotada y la camisa le quedaba por encima de las rodillas. La imagen provocó que él la deseara otra vez.

—Es temprano. Vuelve a la cama —él retiró la sábana para mostrarle su cuerpo. Al ver que ella se fijaba en su miembro erecto, sonrió satisfecho—. La noche no ha terminado y yo no he acabado de demostrarte cómo podemos hacer que nuestro matrimonio funcione.

—Anoche fue maravilloso —ella se sonrojó y se acercó a la cama, con la camisa abierta, dejando al descubierto su vientre abultado y sus senos redondeados—. Sin embargo, no es eso lo que mantiene unido a un matrimonio, Marco.

Él no contaba con tener una conversación seria antes de que se le hubiera pasado el efecto de la pasión. Se cubrió el cuerpo excitado con la sábana y se apoyó en la almohada con las manos detrás de la cabeza, sin dejar de mirar a la mujer que llevaba a su hijo en el vientre. Él respiró hondo, consciente de que no podría evitar aquella conversación.

–¿Y un bebé, Imogen? ¿Tampoco es motivo para mantener unido a un matrimonio?

–Sí, lo es.

Marco sonrió al oír su respuesta. La estaba convenciendo de que el matrimonio era la única opción para ellos. Él deseaba que ese hijo, el heredero potencial del imperio de la familia Silviano, naciera dentro del matrimonio.

–Bien –dijo él, satisfecho porque hubiera sido tan fácil–. Entonces, nos casaremos. El mes que viene.

–¿El mes que viene? ¿Por qué tanta prisa?

–Nuestro hijo será mi heredero. Mi madre está desesperada por que me case, y ahora que sabe que tenemos un hijo en camino, esperará que nos casemos antes de que nazca el bebé –no podía decirle que, si el bebé era un niño, por fin Emilio lo consideraría un hombre.

–Pero te he dicho que ese no es motivo para casarnos, Marco.

–Ven a la cama y descansa. Tenemos un día largo por delante. Iremos a ver las vistas de la ciudad de Nueva York desde el Empire State Building, después iremos al hospital para que te hagan la ecografía y después a ver a mi padre.

–¿Entrarás conmigo mientras me hacen la ecografía? –preguntó ella, acurrucándose a su lado.

Él sonrió, convencido de que ella estaba cediendo.

–Quiero ver al bebé… Y podremos descubrir si es un niño o una niña.

Ella se volvió entre sus brazos y lo miró con una sonrisa.

–Te estás tomando esto muy en serio ¿no? –Imogen habló de nuevo con tono de broma y Marco se sintió culpable.

–Sí. Me lo estoy tomando muy en serio –la besó y la pasión se apoderó de ellos una vez más.

Capítulo 9

IMOGEN sintió el calor del sol al salir a la terraza de la planta ochenta y seis del Empire State Building, junto a otros turistas. Él se había reído al ver que ella se sorprendía de que el ascensor subiera tan deprisa y que la pantalla solo mostrara los pisos de diez en diez. Su risa solo había servido para que ella experimentara la falsa sensación de seguridad con más intensidad. Así era más fácil creer que eran una pareja de enamorados que iban a tener un bebé.

Estar con Marco desde la fiesta de la noche anterior le parecía abrumador. Ella sabía que estaba enamorándose de él como nunca se había enamorado de otro hombre. Siempre había pensado que lo que había compartido con Gavin había sido amor, pero empezaba a cuestionárselo. Lo que sentía por Marco era totalmente diferente. La ternura con la que habían hecho el amor esa mañana había sido lo que le había hecho darse cuenta de que no buscaba evadirse entre sus brazos, sino amor.

–Quiero sacar unas fotos –dijo Imogen mientras sacaba el teléfono y se dirigía a una esquina del edificio–. Si no le mando una foto de Nueva York a Julie se pondrá furiosa.

Sentía la presencia de Marco a sus espaldas. El calor de su cuerpo porque él estaba muy cerca de ella. Incluso con tanta gente alrededor, parecía algo íntimo y ella no pudo evitar echarse a un lado y mirarlo. La intensidad de su mirada llamó su atención y, por un momento, fue como si solo estuvieran los dos allí. Como si el tiempo se hubiera congelado y nada más importara. Igual que había pasado la noche anterior, y esa misma mañana, Imogen sintió la misma conexión con Marco que había sentido en la isla.

Él le quitó el teléfono de la mano.

—En ese caso, le pediré a alguien que nos saque una foto juntos. Quiero que Julie vea lo contenta que estás, cómo tu sonrisa hace que brille tu mirada, que estás muy bella.

Ella trató de no darle demasiada importancia a sus palabras y de convencerse de que todo era parte de su estrategia para conseguir lo que quería. Para conseguir que se quedara en Nueva York y que su bebé naciera allí. Era todo lo que él pretendía, y ella sería tonta si interpretara algo más. Tonta, incluso por pensar en casarse con él por otro motivo que no fuera amor.

—Eso no es necesario. Solo necesito un par de fotos. Después la llamaré —lo último que Imogen deseaba era que Julie viera lo que Marco acababa de describir. Si lo hacía, no habría manera de que apoyara su decisión acerca de regresar a Inglaterra y criar al bebé, sola. Imogen sabía que, aunque lo que sentía por Marco podía ser evidente para todos, Julie ya lo sospechaba desde hacía tiempo. ¿Y sus padres también se habrían dado cuenta? ¿Su hermana? La

única persona que no se había enterado era Marco.
Él no quería saber nada del amor.

La idea la dejó sin habla y, antes de que pudiera
decir nada, Marco le estaba pidiendo a una pareja
que les sacara una foto. Ella no podía echarse atrás
sin montar un numerito, así que, cuando Marco la
rodeó con el brazo se apoyó en él. Ella trató de disimular para que no se notara que estaba enamorada
de él. Trató de ocultar el brillo de sus ojos, pero al
sentir el calor del cuerpo de Marco, supo que era una
batalla perdida. Estaba enamorada de él.

—Sonrían —dijo el hombre mientras su novia lo
miraba. Parecían la pareja perfecta y se reían mientras él se preparaba para tomar la foto. Eran una pareja enamorada y feliz. Todo lo que Imogen quería,
pero no creía que fuera posible tenerlo con Marco.

Imogen tuvo que esforzarse para sonreír. Miró a
Marco confundida y se preguntó por qué él estaba
alimentando esa fantasía.

—Miren hacia aquí —dijo el hombre mientras otras
personas esperaban a que se sacaran la foto. Ella
sonrió, consciente de que quizá fuera la única foto en
la que Marco y ella aparecerían como una pareja, y
que podría mostrarle a su hijo.

El hombre le devolvió el teléfono a Marco y él le
mostró las fotos que les habían sacado a Imogen.
Ella tenía motivos para preocuparse por el hecho de
que Julie se convenciera de que lo que sentía por
Marco era más que pura atracción. Estaba allí en su
sonrisa y en su mirada. Ella lo veía, y Julie también
lo haría, pero Marco no. O al menos, no parecía hacerlo. No era consciente de aquella emoción.

–Cuando estaba en tu despacho en Oxford y Julie salió por la puerta, me miró a modo de advertencia –dijo Marco, apoyándose en la pared y mirando hacia la ciudad.

–Lo sé –dijo Imogen, y se acercó a él. Julie le había advertido que no le hiciera daño a su amiga, pero era inevitable que fuera así. Imogen estaba enamorada de un hombre que no quería que el amor formara parte de su vida.

–¿El hombre con el que estuviste comprometida te hizo daño?

–Sí.

–¿Qué sucedió? Debió ser bastante malo, para que tu amiga se muestre tan protectora contigo.

–No hace falta hablar de ello ahora. Esa parte de mi vida ha terminado –Imogen comenzó a caminar hacia el otro lado del edificio para contemplar la otra parte de la ciudad. Sentía la mirada de Marco sobre su espalda, y las preguntas que él estaba deseando pronunciar.

Él se acercó a su lado una vez más, y cuando sus brazos se rozaron, ella se estremeció. Aunque Imogen sabía que él no era adecuado para ella, y que no tenían futuro juntos, todavía lo deseaba.

–Me gustaría saberlo, Imogen. Después de todo, tú sabes muchas cosas sobre mí.

Imogen se volvió para mirarlo. Su mirada denotaba sinceridad y eso contribuyó a que todavía se enamorara un poco más de él.

Imogen respiró hondo.

–Gavin y yo crecimos juntos y acabamos teniendo una relación. Era lo que esperaban nuestras familias. Llevábamos saliendo casi dieciocho meses cuando él me propuso matrimonio –no se sentía bien hablando de su pasado con un hombre que sabía que nunca podría amarla, aunque ella se hubiera enamorado de él. El hecho de que ella amara a Marco la hacía vulnerable. Como si el amor la expusiera a un sufrimiento que nunca había conocido.

–¿Y qué fue mal? –él parecía preocupado e interesado, pero quizá solo trataba de asegurarse de que ella compartiera su secreto porque él le había contado el suyo.

Ella no estaba dispuesta a admitir toda la verdad y no pensaba contarle a Marco que Gavin había aceptado pedirle matrimonio porque su madre lo había obligado.

–Él rompió el compromiso semanas antes de la boda. Supongo que no estaba preparado para comprometerse.

Imogen todavía recordaba lo que Gavin le había dicho para romper el compromiso. Ella estaba probándose el vestido de boda por última vez cuando él llamó por teléfono.

–Deberíamos habernos quedado como amigos. No me gustas –fue lo que él dijo.

Enseguida, ella descubrió que otra mujer lo había hecho cambiar de opinión. Era una mujer muy delgada, y el hecho de que Imogen se sintiera muy insegura sobre su cuerpo fue en su contra. Tampoco la ayudó enterarse por los medios que Gavin se había casado con otra mujer en España, mediante una gran ceremonia. Había sido eso, junto con el consejo de Julie, lo que había hecho que Imogen aceptara ir a la isla. Lo que la había llevado a los brazos de Marco.

Observó el perfil de su rostro mientras él contemplaba la ciudad y, cuando se volvió para mirarla, le dijo avergonzada:

—Este año él se ha casado con otra mujer.

Un sentimiento de culpa se apoderó de Marco cuando vio la expresión de dolor en el rostro de Imogen. Era evidente que ella había querido a Gavin. El hecho de que ella no pudiera mirarlo, y que centrara su atención mirando a lo lejos, no dejaba duda al respecto. ¿Era correcto intentar que se casara con él? Parecía que todo estaba en su contra. Ella deseaba formar una familia mediante el amor, y desde que él había descubierto que iba a ser padre, lo que más quería era a su hijo. Si el bebé era un niño, podría demostrar de una vez por todas que él merecía el apellido de la familia Silviano.

Imogen colocó la mano sobre su vientre y él recordó que el motivo por el que estaban juntos, compartiendo secretos que nadie conocía, era la criatura que ella llevaba en el vientre. La mujer que había conocido en la isla le había interesado lo suficiente como para tratar de encontrarla de nuevo, pero no pensaba en nada más que en disfrutar con ella de otras noches de pasión. No había imaginado encontrarse con Imogen de pronto y descubrir que iba a ser padre. Estar unido por un bebé con la mujer que él recordaba como: *solo* Imogen.

Al pensar en el bebé recordó la cita que tenían aquella misma tarde. Habían pasado diecinueve semanas desde que estuvieron juntos en la isla y le habían informado de que en la ecografía podrían ver el sexo del bebé. Él no quería preguntarle a Imogen si ella deseaba saberlo, pero él sí que quería descubrirlo. Necesitaba que su padre supiera que él iba a casarse con la mujer que llevaba a su hijo en el vientre, que él también le daría prioridad a las necesidades de las futuras generaciones de la familia Silviano, independientemente del sexo que tuviera el bebé.

Descubrir quién era su padre en realidad había servido para que Marco se percatara de que tener el hijo que Emilio siempre había deseado que tuviera, demostraría que podía hacer bien alguna cosa.

Acarició la mejilla de Imogen y ella lo miró.

–Gavien era un idiota –al decirle esas palabras, una idea invadió su cabeza. Ella le había contado que lo único que esperaba del matrimonio era amor. La única cosa que él no merecía... Emilie se lo había demostrado al dejarlo de lado mientras mostraba amor y afecto hacia su hermana. Él había crecido consciente de que no merecía amor y afecto

–Todo el mundo tiene cosas del pasado que le disgustan –ella lo miró y él vio que sus ojos reflejaban rabia y dolor pasado–. No obstante, hay que dejarlas a un lado, no olvidarlas y, quizá, tampoco perdonarlas

Marco la miró fijamente. Sabía que no se estaba refiriendo a Gavin.

–¿Crees que yo no lo he hecho?

–No, Marco, no lo has hecho –dijo ella, mirándolo con lágrimas en los ojos.

–Entonces, debo intentarlo –él vio que su mirada

se llenaba de esperanza y supo que no tenía sentido. No había forma de reparar su pasado. No podía pasar página como si nada hubiera pasado. Igual que tampoco podía mantener aquella conversación más tiempo.

Él la agarró de la mano y la llevó hasta el lado del edificio desde el que se veía el Central Park a lo lejos. A su alrededor, otros turistas se reían y hablaban de las vistas, pero él solo podía centrarse en Imogen.

Él no podía evitarlo. Tenía que besar a Imogen una vez mas y recuperar las llamas del deseo para tapar todo lo que ella le había contado. Necesitaba saborear sus labios una vez más. En ese mismo instante. La sujetó por la barbilla e inclinó la cabeza para besarla en los labios. Al instante resurgió el deseo que habían compartido la noche anterior e Imogen estrechó a Marco contra su cuerpo.

Él nunca había experimentado algo así. Para él, salir con mujeres consistía en ir a fiestas y en mostrarse en el sitio adecuado antes de llevar a su cita a casa y satisfacer sus deseos sexuales. No obstante, aquel beso significaba algo para él. ¿Sería porque ella llevaba a su hijo en el vientre? Una criatura que él podría ver pocas horas después gracias a una ecografía.

Imogen estaba entusiasmada por ver cómo la imagen de su bebé aparecía en la pantalla. No podía dejar de mirar cómo se movía, ni siquiera cuando Marco se acercó a ella y le dio la mano. Ella estaba centrada en la pantalla, y en los pitidos que no dejaban de sonar mientras tomaban las medidas del bebé. ¿Era normal? ¿El bebé se encontraba bien?

–¿Está todo bien? –preguntó con nerviosismo. Marco la miró un instante y después miró a la médico, quien les aseguró que todo era perfectamente normal. Imogen se relajó. Miró a Marco de nuevo, pero él estaba mirando la imagen del bebé, moviéndose en la pantalla. Imogen no pudo evitar reírse al ver cómo movía los brazos y las piernas.

–No puedo creerlo. Mira, se está moviendo –dijo Marco maravillado.

Ella lo miró y sonrió al ver su cara de asombro. Enseguida supo que era demasiado tarde para ella. Amaba a aquel hombre. Momentos después dejó de sonreír. ¿Y él llegaría a amarla?

–Es nuestro bebé –dijo Imogen, apretando la mano de Marco con fuerza para transmitirle lo que sentía en aquellos momentos. Cuando él la miró, le pareció que él estaba haciendo lo mismo.

–Ahí está el latido –dijo la médico, rompiendo el hechizo. Ambos miraron hacia la pantalla.

–Oh, cielos. Puedo ver el latido de su corazón –dijo Imogen con un susurro. Un sentimiento de felicidad se apoderó de ella. Quizá no tuviera una relación seria con el padre de su hijo, pero estaba muy contenta de ser madre. Deseaba brindarle a su hijo todo lo necesario, pero sobre todo deseaba darle amor. Mucho amor. No quería que su hijo dudara jamás de que ella lo adoraba.

–¿Se puede saber qué sexo tiene?

Imogen miró a Marco al oír la pregunta. ¿Realmente le parecía importante?

De pronto se dio cuenta de que para él era vital, y no solo para Marco. Otras personas estaban esperando novedades. El motivo por el que Marco la había llevado a Nueva York no era para hacer feliz a su padre, sino para demostrarle algo. Marco necesitaba demostrarle a su padre que era capaz de tener un hijo varón para poder continuar con el apellido Silviano. De pronto, recordó las palabras que él le había dicho en Oxford: «Tienes lo que necesito», y una enorme tristeza se apoderó de ella.

–¿Te gustaría saberlo? –le preguntó la médico. Por un lado, Imogen deseaba decir que no, pero sabía que tanto Marco como ella necesitaban saberlo. Aunque fuera por motivos diferentes.

–Sí, sí, por favor, me gustaría saberlo.

Imogen cerró los ojos. No se atrevía a mirar a la pantalla. Marco le apretó la mano con fuerza y ella supo que todo su futuro dependía de ese momento. No solo el suyo, sino también el de su hijo.

–Aquí estamos –dijo la médico, y detuvo el ecógrafo sobre el vientre de Imogen.

Ella abrió los ojos y miró la pantalla. No tenía ni idea de qué esperaba ver, pero no estaba segura de si el bebé era niño o niña. Y a juzgar por cómo Marco le apretaba la mano, él tampoco.

–¿Es un niño?

Imogen sintió que se le aceleraba el corazón al oír la pregunta de Marco. El ambiente se llenó de tensión. Y si la médico se había dado cuenta, disimulaba muy bien.

–Es una niña.

–¿Una niña? –preguntó Marco muy serio.

Imogen nunca lo había oído hablar así y, de pronto, sintió que el mundo se derrumbaba a su alrededor.

Marco no deseaba una niña. Marco necesitaba un hijo. Un heredero para la familia Silviano, para demostrarle a su padre aquello que necesitaba demostrarle. Durante los últimos días, Imogen se había permitido creer que lo que tenía con Marco podía ser suficiente para fundar un matrimonio de verdad, por el bien del bebé. Sin embargo, en solo un segundo, todo había cambiado.

–¿Y está sana? ¿Todo está como debe estar? –preguntó Marco, con nerviosismo.

–Sí, sí. Todo está bien. La pequeña está tal y como debe estar a las diecinueve semanas.

–Bien –Marco soltó la mano de Imogen y se separó de ella.

Imogen se negaba a permitir que él estropeara ese momento. Era su bebé, su niña pequeña, y solo porque no fuera lo que él deseaba no permitiría que le quitara la ilusión. Centro la atención de nuevo en la pantalla. No quería mirar a Marco, no quería ver la decepción en su rostro.

Sintiéndose como si estuviera dentro de una pesadilla, Imogen se sentó y buscó su ropa. No podía mirar a Marco todavía. La tensión era cada vez mayor. Necesitaba salir de allí.

–Necesito un poco de aire fresco –dijo Imogen, tratando de contener las náuseas provocadas por la mezcla de emociones.

–Hace mucho calor hoy –dijo la médico, antes de mirar a Marco.–. Quizá tu marido pueda acompañarte a tomar el aire.

Ella estuvo a punto de decirle que no estaban casados, pero la idea de que nunca lo estarían provocó que sintiera ganas de llorar. Él no necesitaba una hija y tampoco la necesitaba a ella. El hecho de que ella se hubiera enamorado era irrelevante. Trató de contener las lágrimas para no mostrar su debilidad delante de Marco.

–Iremos a tomar un poco de aire y después a ver a mi padre ya que estamos en el hospital.

–¿Vas a contarle que es una niña? –preguntó ella, y se arrepintió cuando él la miró.

–Hasta el momento nunca he complacido a mi padre. He pasado toda la vida intentándolo y ahora sé por qué nunca lo conseguí –hizo una pausa y estiró la mano hacia ella para que lo mirara. Imogen se dio cuenta de que estaba decepcionado–. No, no voy a decírselo. No necesita saberlo.

Sus palabras acabaron con toda esperanza acerca de que su relación con Marco pudiera funcionar. Él estaba avergonzado de tener una hija, y para ella eso solo significaba una cosa: él nunca llegaría a quererla, ni a ella ni a su hija, y nunca podría ser el tipo de padre que ella había tenido. La familia había sido lo más importante de su vida y a pesar de la pasión que había compartido con Marco, a pesar de la atracción que había entre ellos, él nunca llegaría a ser el hombre con el que ella había soñado que se casaría.

–Quizá deberías decírselo. Quizá sea mejor que seas sincero con él.

–Lo haré a mi manera –dijo él.

Su tono era cortante, pero ella se negó a mostrarse afectada y colocó la mano sobre su brazo.

–Podemos hacerlo juntos.

–Quizá debería ir solo.

–Es el abuelo de nuestra hija.

–Como desees –dijo Marco, apretando los dientes, y comenzó a avanzar por el pasillo hacia el ala del hospital donde se encontraba su padre.

Capítulo 10

MARCO hizo lo que siempre hacía cuando pasaba tiempo en compañía de su padre: prepararse para la sensación de que le había fallado una vez más. También sabía que en esa ocasión había fallado a Imogen, que la había decepcionado. Se había quedado impresionado al ver que el bebé era una niña y su esperanza de poder ganarse la aprobación de su padre se había evaporado. No debía haber mostrado su sorpresa. Debería haber pensado en cómo se sentiría Imogen. La había llevado a Nueva York porque quería demostrarle a su padre que podía asumir responsabilidades. Él esperaba tener un hijo a quien dejarle la fortuna familiar. Ni siquiera había pensado en las implicaciones que tendría que el bebé fuera una niña.

Cuando Imogen lo había mirado, él se había percatado de que la compenetración que habían sentido se evaporaba. Lo había visto en su mirada, en su forma de moverse al vestirse. Era como si ella hubiese deseado ocultar su embarazo ante él. Estaba disgustada, dolida, y él era el responsable. Dejándose llevar por el egoísmo y su necesidad de demostrar su valía, había herido a la persona que quería estar con él por quien era en realidad, y no por quien intentaba ser.

Marco abrió la puerta de la habitación de su padre y entró. Una vez más iba a decepcionar al hombre que lo había criado como a su propio hijo, y que había mantenido el imperio de la familia Silviano. Eso era de lo que él estaba escapando cuando se marchó a la isla: del drama familiar.

–Me alegro de veros –dijo la madre con una amplia sonrisa. Se acercó a Imogen y le dio un beso y un abrazo.

Marco experimentó un sentimiento de culpa. Iba a decepcionarla a ella también. Su madre llevaba años presionándolo para que se casara y para que le diera nietos. El año anterior, cuando su hermana se casó, Marco pensó que la presión disminuiría. No había sido así. Lo que necesitaban era un niño nacido de un hijo de la familia Silviano, y era su deber proporcionarlo.

Trató de no pensar en ello y se acercó a la cama de su padre.

–Tienes mejor aspecto.

–Estaré mucho mejor en cuanto me saquen de aquí –soltó el padre, pero Marco se percató de que le había guiñado el ojo a su madre de modo conspirador. Parecían muy unidos, pero él recordaba los tiempos en que su relación había sido difícil, sobre todo cuándo él era pequeño. ¿Se habrían casado también por pura conveniencia? ¿Podría él tener una relación así con Imogen si llegaban a casarse? ¿Sería él capaz de perdonar y olvidar el pasado tal y como Imogen le había pedido que hiciera esa mañana? ¿Podría llegar a querer a su hija? Y lo más importante, ¿podría darle a Imogen lo que deseaba? ¿Amor?

—Has de obedecer a los médicos, padre —Marco habló de manera automática, sin estar centrado en la conversación. La mezcla de emociones se lo impedía. No estaba preparado para ser padre. ¿Cómo podía darle a un hijo el amor que necesitaba si él nunca lo había recibido de su propio padre?

Imogen se acercó a él y Marco sacó una silla para que ella se sentara. Después, él colocó una mano sobre su hombro, para mostrarle que sabía cómo se sentía. Quería decirle que él la apoyaba. Que le importaba lo que pensaba, que no quería que estuviera tan disgustada.

—Y eso haré, hijo —su padre miró a Imogen y sonrió, pero sus palabras resonaron en la cabeza de Marco.

Emilio nunca lo había llamado *hijo*. Mientras él trataba de asimilarlo, su padre continuó hablando con Imogen.

—¿Y cómo te encuentras hoy? He oído que la fiesta fue un éxito, igual que tú.

—Fue una fiesta maravillosa. Siento que no pudiera ir —Imogen se inclinó hacia delante y Marco no estaba seguro de si era para hablar con su padre o para apartarse de él. Después, de todo, se lo merecía por cómo la había tratado.

—Bueno, no me perderé la próxima —se rio el padre, y Marco supo que tenía que hacer algo para que Imogen lo perdonara.

—Hoy le han hecho una ecografía a Imogen —intervino Marco.

Imogen abrió el bolso y sacó las imágenes de la prueba.

—Este es nuestro bebé –le entregó la foto y la madre de Marco se sentó en la cama junto a su marido. Tenía una amplia sonrisa en el rostro. Miró a su esposo y, Marco supo que se querían. A pesar de las dificultades del matrimonio, lo que los había unido seguía presente. Él nunca sería capaz de darle eso a Imogen, y menos después de haberse pasado años luchando por una pizca de afecto. Cada vez que él había intentado mostrar amor, cada vez que lo había buscado en su padre, se había sentido rechazado. Por eso, había bloqueado su corazón. El temor a que volvieran a rechazar su amor era demasiado.

—Es una niña –dijo Marco, exponiendo la verdad. Solo deseaba demostrarle a Imogen que no le importaba si el bebé era niño o niña. Cuando Imogen lo miró, él se percató de que había brillo en su mirada. ¿Eran lágrimas? Fuera lo que fuera, él se sentía muy mal. No iba a poder compensar con unas palabras la manera en que se había comportado durante la prueba.

—¿Una niña? –preguntó el padre

Imogen bajó la vista hacia su regazo. Marco notó que sus ilusiones se desvanecían a medida que bajaba la mirada y encorvaba su espalda. Él era el culpable. Si no hubiera dicho nada en la prueba, si hubiera permitido que ella sintiera que él deseaba al bebé de todas maneras, ella habría permanecido lo suficientemente fuerte para aceptar los comentarios de su padre.

—Sí, una niña –dijo él, deseando proteger a Imogen–. Y no, el deseado heredero para la familia Silviano —oyó que Imogen suspiraba asombrada y se sintió peor.

—Eso no importa —intervino la madre, mirando a Imogen.

—Por supuesto que importa —dijo el padre. Marco deseó que Imogen no tuviera que ser testigo de aquella conversación—. Cualquier idiota se daría cuenta de lo que estáis haciendo, Marco. Vosotros no pensabais casaros, y si Imogen no estuviera embarazada ni siquiera estaríais juntos.

Imogen se levantó deprisa y se dirigió a la puerta. Se volvió para mirarlo, pero él no supo que hacer. ¿Cómo era posible que su padre se hubiese dado cuenta de la verdad?

Imogen lo miró fijamente unos instantes, abrió la puerta y salió corriendo como si su vida dependiera de ello. Marco cruzó la habitación hasta la puerta, miró a su padre y preguntó:

—¿Por qué diablos has hecho eso?

—Puede que no seas mi hijo biológico, peor eres un Silviano. Ahora has de honrar ese nombre y hacer lo correcto.

—¿Y eso qué es? —soltó Marco, debatiéndose entre terminar la conversación con su padre o salir detrás de la única mujer que había hecho que él deseara pode amar y ser amado.

—Dios mío, Marco. Esa mujer te ama —Marco se quedó de piedra la oír las palabras de su padre—. Da igual lo que sea el bebé. No seas igual de tonto que yo. Haz lo correcto y ámala, ¡o déjala marchar!

A Marco se le aceleró el corazón. Miró a su padre en silencio, se volvió y salió corriendo por el pasillo hasta el ascensor. Imogen estaba en el interior, con la cabeza agachada. Parecía tan perdida, y tan vulnerable, que a él se le partió el corazón.

—Imogen, espera —la llamó, pero ella no lo oyó. En ese momento, se cerró el ascensor, e Imogen desapareció.

Imogen salió a la calle y recibió los rayos del sol. El sonido de la ciudad de Nueva York la desorientaba. Necesitaba alejarse del hospital, de Marco y de la idea de que él no la quería. Ni a ella, ni a su hija. Cuando estaba en el ascensor, le había parecido oír que él gritaba su nombre, pero cuando se cerraron las puertas, ella supo que era su propio deseo. El destino ya había decidido que no estaban hechos para estar juntos.

La frialdad que percibió en el tono del padre de Marco todavía permanecía en su cabeza. Si Marco había crecido con un padre así, era comprensible que no quisiera una familia porque no permitía que el amor entrara a formar parte de su vida. Ella había creído que, si se quedaba en Nueva York y se casaba con él, conseguiría hacerlo cambiar. Solo porque ella lo amaba. No obstante, se había dado cuenta de que no iba a ser así.

Deseaba poder hablar con Julie. Miró el reloj. En Inglaterra era temprano por la noche. Una hora perfecta para llamar, pero algo la hizo contenerse. Primero necesitaba pensar, y calmar su corazón. Ella miró a su alrededor y vio un banco a la sombra de un árbol. Decidió sentarse para reunir la fuerza y el valor para hacer lo correcto.

Marco no deseaba una hija, pero necesitaba un hijo y ella había descubierto por qué. El hombre que lo había criado como su propio hijo solo podía aceptar a un nieto como heredero de la familia Silviano.

Ella pensó en lo que había dicho la madre de Marco, tratando de relajar el momento diciendo que tendrían más hijos, otras oportunidades para conseguir un hijo varón. Era evidente que pensaba que su hijo estaba comprometido, que se casaría con ella y que tendría más hijos, pero su padre no se había dejado engañar.

Imogen suspiró con frustración. Lo correcto era hacer lo que fuera mejor para el bebé, su hija. Después de ver que Marco y su padre estaban enfadados, sabía que debía marcharse. Ese mismo día. En ese mismo momento.

Imogen sacó el teléfono, marcó el número de Julie y esperó a que contestara.

–Hola, Immy –dijo su amiga. Imogen tragó saliva para tratar de mantener la calma–. Las fotos del Empire State Building son muy buenas. Estoy muy celosa.

–No está funcionando –dijo Imogen antes de que Julie continuara.

–¿El qué no está funcionando?

–Mi relación con Marco –dijo Imogen. Julie suspiro e Imogen cerró los ojos antes de seguir hablando–. Hoy me han hecho una ecografía y el bebé es una niña. No el niño que Marco necesita.

Imogen empezó a temblar y deseó que su amiga estuviera allí para consolarla con un abrazo. Nunca se había sentido tan sola, tan aislada de las personas que le importaban.

–¿Qué? –el asombro de Julie calmó una pizca el temor de Imogen, pero permitió que aflorara su rabia. La rabia que sentía hacia Marco. Hacia su padre y hacia las ridículas reglas de sucesión que tenía la familia.

–Deberías haber oído su voz, Jules, cuando se enteró de que era una niña. Parecía que estuviera en una reunión de negocios, tratando de zafarse de un acuerdo poco atractivo. Después, su padre… –Imogen se calló al recordar sus palabras.

–Su padre, ¿qué? ¿Immy? –preguntó Imogen.

–Su padre dejó muy claro que solo valdría un niño. No pude aguantarlo y me fui corriendo.

–¿Marco salió detrás de ti?

–No. Al parecer era más importante calmar a su padre, que cuidar de mí y de la pequeña –comenzó a llorar y respiró hondo para calmarse.

–¿Qué quieres hacer, Immy? –preguntó Julie–. Sabes que te apoyaré hagas lo que hagas.

–No lo sé –confesó Imogen–. Ahora debería marcharme, ir a casa y olvidarme de él, pero no puedo.

Imogen recordó la noche que habían pasado juntos y la manera en que ella la había abrazado, acariciado, dándole la esperanza de que, en algún lugar, tras la barrera con la que protegía su corazón, tenía la capacidad de amar. Ella había pensado que podría destruir esa barrera, que podría hacer que cambiara. Y deseaba hacerlo–. Lo quiero, Julie.

–Ay, Immy. ¿Dónde está Marco ahora?

–Con su padre, supongo.

Julie suspiró de nuevo.

–Ven a casa si quieres, Immy, pero primero habla

con él. Dile lo que sientes. Y mantenme informada de lo que haces.

–Gracias, Jules –susurró Imogen conteniendo las lágrimas. Terminó la llamada y cerró los ojos para sentir el calor del sol en la cara. Julie tenía razón. Debía hablar con Marco. Por su bien, y por el de su hija.

Mientras recuperaba el control, comprobó que tenía las llaves del apartamento de Marco y algo de dinero en el bolso. Podía tomar un taxi, regresar al apartamento y reservar un vuelo de regreso a casa, tal y como Julie le había sugerido.

Entonces, ¿Por qué no lo hacía?

«Porque lo amas. Porque no quieres abandonarlo».

Ella cerró los ojos de nuevo. Estaba enamorada de Marco. La última noche en la isla, mientras paseaban por la playa hacia la que sería la noche más maravillosa de su vida, deseó que todo fuera verdad, que estuvieran enamorados, pero el pasado lo había impedido. Fue por eso por lo que al día siguiente facilitó que Marco se marchara. Quería proteger su corazón. No quería volver a experimentar el dolor que había sentido después de que Gavin la traicionara.

La tristeza la inundó por dentro. Para Marco no era lo mismo… él no se había enamorado de ella y nunca lo haría. Para él solo había sido una relación sexual, tanto en Nueva York como en la isla. La única diferencia era que en la isla habían engendrado un bebé, y él se sentía en deuda con ella y con su padre y consideraba que debía casarse con ella. Eso era lo que su padre había dicho, y Marco se lo había permitido. Él no había tratado de protegerla ni de defenderla.

—Imogen —oyó la voz de Marco por detrás, pero se negó a mirar.

Él se colocó frente a ella. Tenía el cabello alborotado y la corbata torcida. Parecía más confuso que nunca.

—Solo tengo que decirte una cosa —se puso en pie y lo miró fijamente. Debía decirle que todo había terminado, que regresaba a Inglaterra.

—No me lo digas. Todavía no —dijo Marco.

Ella frunció el ceño al oír pánico en su voz. Él sabía lo que ella pensaba decirle.

—Dame un buen motivo por el que no deba hacerlo —dijo ella, enderezando la espalda.

—Todo lo que mi padre ha dicho iba dirigido a mí, no a ti.

Imogen comenzó a alejarse. No quería oír sus excusas.

—No quiero meterme en una discusión padre-hijo. Quiero regresar a Inglaterra. Quiero estar con mi familia, Marco, con una familia que me quiera. A mí y al bebé. Ellos no la rechazarán por se una niña. Ellos la amarán. Pase lo que pase.

—A mí me importas. Y el bebé también —la agarró del brazo para detenerla.

Ella deseaba escapar y tomar un taxi. Se le estaba rompiendo el corazón y la última persona que quería que estuviera presente era Marco. Eso le daría el poder que Gavin había tenido. El poder para herirla y humillarla.

—No, Marco. Tú necesitas al bebé. ¿Recuerdas? Eso es lo que me dijiste en Oxford antes de que yo fuera lo bastante estúpida como para volar a la otra parte del mundo contigo. Necesitas al bebé –repitió indignada–. ¿Y yo? Supongo que soy parte del trato que has de aceptar. O al menos así era hasta que descubriste que el bebé es una niña.

Imogen no pudo evitar transmitir la frustración y el dolor que sentía. Marco la miraba asombrado y ella pensó que había conseguido que comprendiera qué era lo que sentía. De pronto, él puso una mirada heladora, como si hubiera llegado la primera helada del invierno.

–Ni siquiera puedes negarlo, ¿verdad? –preguntó ella, mientras su corazón se rompía del todo ante su silencio.

Marco miró a Imogen y comprendió lo que ella sentía.

–Te equivocas, Imogen –le dijo, y le retiró un mechón de pelo de la cara. Ella dio un paso atrás y él sintió pánico. La estaba perdiendo. Y a su bebé también. Y todo porque se había quedado anclado en el pasado. Todo porque no era capaz de abrir su corazón al amor.

Deseaba culpar a su padre por sus palabras, pero en el fondo sabía que su padre tenía razón. Él había estado cegado por el deseo de ganarse la aprobación de su padre, y no había visto lo que tenía delante. No se había dado cuenta de que Imogen lo amaba.

–Venga, Marco –soltó ella–. Deberías haber oído tu tono de sorpresa al descubrir que tu tan necesitado hijo era una niña. Una niña que no deseas ni necesitas.

–Fui idiota –la agarró de la mano para evitar que se marchara.

–Sí, lo fuiste. Ya he tenido bastantes idiotas en mi vida. Primero Gavin, y ahora tú. Se acabó, Marco. Sea lo que sea, se acabó. Voy a regresar a Inglaterra.

Imogen retiró la mano y se dio la vuelta de forma apresurada. Si su padre tenía razón y ella lo amaba, él había eliminado ese sentimiento.

–Imogen, espera –salió corriendo tras ella para tratar de evitar que se fuera–. Imogen –la llamó de nuevo.

Ella no se dio la vuelta. Y tampoco se detuvo. Bajó a la calle para parar un taxi y él aceleró el paso y consiguió llegar a tiempo para subir tras ella en el vehículo, justo cuando Imogen le estaba dando su dirección al conductor.

–A Silviano's Coffee House –dijo él. No estaba preparado para verla marchar todavía, aunque no sabía si podría hacer lo que su padre le había dicho que hiciera… amarla o dejarla marchar.

–¿Qué crees que estás haciendo? –preguntó ella, alejándose de él en el asiento.

–Me he equivocado. Y mucho. Si has de marcharte, lo comprenderé, pero antes quiero enseñarte una cosa.

–¿Por qué habría de escuchar lo que quieres contarme? ¿Y mucho menos creerte? –lo miró indignada.

–Porque es parte de la herencia de tu hija. Es parte de lo que tu hija será.

Capítulo 11

IMOGEN miró a Marco desde el otro lado del asiento. Maldita sea. Incluso en ese momento estaba jugando con sus sentimientos, con los valores acerca de la familia que ella tenía tan arraigados. Deseaba alejarse de él, de su familia y de Nueva York. No le llevaría mucho tiempo recoger sus cosas y reservar un vuelo. Esa misma noche podría regresar a casa. Si le obedecía, perdería el último vuelo y tendría que quedarse con él en su apartamento, a menos que se alojara en un hotel.

–¿Parte de lo que será mi hija? ¿Cómo puedes decir eso? Estás utilizando lo que es más importante para mí para conseguir lo que tú quieres. Y lo único que puedo pensar es que lo haces para que no parezca que nos estás dando la espalda a mi hija y a mí. Después de todo, es una niña, y las niñas no cuentan ¿no es así?

–Sí, intento conseguir lo que quiero, Imogen –dijo él, y se acomodó en el taxi como si el hecho de que ella le estuviera hablando significara que ya había ganado. Solo sirvió para que ella se convenciera todavía más de que marcharse era lo que debía hacer.

–Me marcho, Marco. Esta misma noche. Ambos queremos cosas muy diferentes con este acuerdo.

Desde que descubrimos que el bebé era una niña, todo ha ido mal. Es lo mejor para todos, y lo sabes.

–Muy bien, si eso es lo que crees que debes hacer –las palabras de Marco sorprendieron a Imogen y ella lo miró, tratando de averiguar qué era lo que estaba tramando en realidad–. Al menos, dame la oportunidad de mostrarte una cosa. Solo te pido una hora.

–Una hora, Marco –dijo ella–. Tienes una hora. Después regresaré al apartamento para recoger mis cosas y reservar un vuelo.

–Una hora –dijo él, con un suave tono de voz.

Ella lo miró y vio que él se fijaba en el trayecto como si no confiara en que el taxista los llevara a donde él le había pedido. Al ver que suspiraba, ella sintió que algo se derretía en su interior. Le daba la sensación de que las barreras emocionales que él había construido para protegerse, se estaban desmoronando mientras atravesaban la ciudad.

–Ya casi hemos llegado –dijo él, y se volvió para mirarla.

Ella contuvo la respiración al ver que la atracción surgía de nuevo entre ellos. Siempre que él la miraba de ese modo era como si los hubieran transportado de nuevo a la isla. No obstante, la isla era evasión. Aquello era la realidad.

–¿Dónde? –preguntó ella con un susurro, mostrando su vulnerabilidad una vez más–. ¿Dónde? –preguntó de nuevo, con más fuerza.

–Nuestro bebé será el heredero de los Silviano. Mi heredero, y no me importa si es niño o niña.

Ella abrió a boca para protestar, para recordarle lo disgustado que estaba con la idea de tener una hija, pero él le cubrió los labios con el dedo para silenciarla. Cuando retiró la mano, ella no pudo evitar humedecerse los labios para sentir el calor de su mano. El fuerte latido de su corazón y el calor que la invadía por dentro demostraban que él no le era indiferente, aunque prefería que Marco no se percatara.

–Quiero mostrarte dónde empezó todo –dijo Marco mientras el taxi se detenía y sacaba la cartera para pagar.

Imogen se entristeció al pensar que esa sería la última vez que estarían juntos. Nunca olvidaría los rizos que se le formaban en la parte de la nuca, sobre todo cuando lo tenía mojado con agua de mar. Ni el tacto de su barba incipiente cuando la besaba por la mañana. Además, sus caricias quedarían grabadas para siempre en su memoria. El calor de sus besos, la sensación de cuando la hacía suya y los maravillosos lugares a donde la había trasladado con tanto placer. Pasara lo que pasara, dijera lo que dijera, nunca podría olvidar todo aquello.

Imogen trató de no pensar en ello y esperó a que Marco abriera la puerta para salir del coche. Estaba cansada, y disgustada. No estaba de humor para misterios, pero si lo que él le había contado era verdad y aquello tenía que ver con su pasado, con la familia de su hija, entonces debía darle tiempo. Por su pequeña.

Una vez en la calle, Marco le ofreció la mano y ella se la aceptó. Al instante, deseó no haberlo hecho, ya que el calor de su mano la invadió por dentro, recordándole cómo habían pasado la noche anterior y las primeras horas de la mañana.

¿Cómo era posible que todo se hubiera estropeado? Por la mañana estaba muy feliz, e incluso había empezado a pensar que podían tener futuro juntos. Después, en cuestión de minutos, todo había cambiado, e iba empeorando a medida que pasaban las horas.

–Esto es lo que quería mostrarte –dijo Marco cuando se detuvieron frente a un café italiano que parecía que llevaba allí varios años.

–¿Esto? –preguntó ella, mirando el edificio de ladrillo que tenía un cartel que decía: *Silviano's Coffee Shop.*

Marco observó a Imogen mientras ella leía el cartel. El sol de la tarde resaltaba su cabello y él se acordó del día de la playa después de haber buceado. El sol había resaltado su belleza al máximo. Él recordaría esa imagen el resto de su vida.

La idea de que podía perderla lo invadió por dentro. No podía permitirlo, pero si no lo hacía bien y le mostraba todo lo que su familia había hecho y por qué era tan importante para él continuar con el apellido familiar, tenía más probabilidades de perderla.

–Silviano's –dijo él orgulloso–. Lo montaron mis abuelos cuando emigraron de Sicilia a Nueva York.

Imogen lo miró asombrada.

–¿Este es el café original? ¿Sigue siendo parte de la empresa?

–Sí, y parte de mi vida. ¿Entramos? –señaló hacia la puerta, consciente de que si conseguía entrar po-

dría demostrarle quién era en realidad y decirle por
qué no quería que se marchara. Aunque confesar un
sentimiento que había bloqueado durante tanto tiempo
no iba a resultarle fácil. Ni siquiera sabía si podría decir las palabras que ella necesitaba oír porque para
ello tendría que dejar atrás su pasado. Y no estaba
seguro de si estaba preparado.

–Está bien –dijo ella–. Solo un rato.

Marco abrió la puerta de madera y percibió el
aroma del café. La música italiana sonaba de fondo.
La mujer que estaba tras el mostrador lo saludó en
italiano, como hacía cada semana cuando él entraba.
Sus visitas le permitían sentirse cerca de su abuelo,
la única persona aparte de su madre que le había
brindado amor incondicional cuando era niño.

–¿Qué te apetece beber? ¿Un *espresso*? –sacó una
silla y esperó a que Imogen se sentara. Ella lo miró
mientras él seguía a su espalda y él recordó la noche
anterior, mientras la desvestía junto a las ventanas.
Todavía recordaba el sabor de su piel.

–Un café americano con leche –dijo ella, y comenzó a mirar las fotos de la pared.

Marco pidió en la barra y se sentó.

–Esos son mis abuelos –dijo, señalando una foto
en blanco y negro que colgaba en la pared, junto a la
mesa–. Y esos son mis padres en el día de su boda.

–¿Ellos también llevaron este sitio? –preguntó
ella, mientras les servían los cafés.

–No, mi padre no quiso continuar con lo que mi
abuelo había empezado y se dedicó a abrir hoteles en
Nueva York. Yo di un paso adelante y conseguí que la
empresa se expandiera por el mundo. Y al contrario

que mi padre, quiero mantener este local abierto y en funcionamiento. Es parte de mi historia familia y, ahora, parte de la de nuestra hija.

Ella sonrió y él se sintió aliviado. Eso era lo que él esperaba que pasara, que, al mostrarle que era un hombre que honraba y respetaba la familia, ella quisiera quedarse un poco más. Que le diera la oportunidad de demostrarle que tenían algo importante que mantener y que él quería ser padre de esa criatura, hijo o hija.

–¿Y qué hay de tu padre biológico?

–Está ahí –señaló una foto más pequeña–. Ojalá hubiera sabido quién era antes.

–Tu madre debía de tener buenos motivos para no contártelo. Y, desde luego, ahora parece que están enamorados.

Enamorados. Otra vez el amor.

Él se preguntó si realmente la amaba, si era capaz de darle lo que ella deseaba. No tenía respuesta, pero sabía que si quería mantener a Imogen en su vida, tendrían que hablar de amor, aunque él no estuviera preparado para admitir que amaba a alguien. Hacía tiempo que había aprendido que reconocer sus sentimientos solo proporcionaba sufrimiento.

–Yo nunca he considerado a mi padre como un hombre que puede querer –dijo al fin, y se bebió el café de un trago antes de pedir otro–. Mi padre nunca consiguió que yo me sintiera querido.

Imogen le tocó la mano y él la miró.

–Él debió de quererte, Marco. Te crio como a un hijo.

–Solo porque no tenía un hijo de verdad. Yo nunca

pude cumplir con sus expectativas y no creo que algún día llegue a hacerlo.

–¿Por qué te niegas al amor, Marco? ¿Por qué marcas tanta distancia con la gente?

Él la miró unos instantes.

–No soy el único que marca distancia, Imogen. ¿No era eso lo que hiciste tú cuando estábamos en la isla? ¿Bloquear tu corazón?

–Gavin me hizo mucho daño. Rechazó mi amor como si ya no sirviera y prefiriera buscar en otro sitio. Un dolor así es difícil de olvidar.

–Sin embargo, mi dolor, mi incapacidad de amar o ser amado ¿no lo es? –se bebió el segundo café y se preguntó por qué no podía decirle lo que sentía por ella.

–No quería decir eso –dijo Imogen, y bajó la mirada–. ¿Nunca has sentido amor, Marco? ¿Y cuando eras niño?

–Cuando era niño pasaba la mayor parte del tiempo aquí, con mis abuelos. Ahora sé que era porque ellos querían darme lo que no tenía, lo que mi padre no me daba o no podía darme.

Al hablar se dio cuenta de que sí había tenido amor en su vida, pero que había estado tan centrado en complacer a su padre y en ganarse su aprobación que se había negado a reconocer lo bueno. Después, cuando sus abuelos murieron, el amor desapareció de su vida y él se sintió muy alejado de su familia.

–¿Cuántos años tenías? –preguntó ella, como si le hubiera leído la mente.

–Doce –apretó los dientes y recordó los días en que las dos personas que más quería habían desaparecido de su vida.

–¿Y ahora crees que nadie puede quererte? ¿Y no confías en que eres capaz de querer? –preguntó ella, tratando de que él comprendiera y aceptara su pasado.

Él se acarició el mentón y miró a Imogen. Ella tenía razón. Él no confiaba en su capacidad de querer y ya le había hecho daño a Imogen. Él no se merecía su amor. Una vez más, las palabras de su padre invadieron su cabeza.

«Ámala o déjala marchar».

Él no podía amarla, pero ella le importaba y no quería herirla todavía más. Le importaba lo suficiente como para dejarla marchar.

Él asintió.

–En la isla te dije que el amor nunca formaría parte de mi vida y sé que es lo que tú deseas. No puedo dártelo, Imogen. Puedo ocuparme de ti y de nuestra hija, daros todo lo que necesitéis, pero no puedo prometerte que el amor llegue a formar parte de mi vida.

Imogen se quedó de piedra. Como congelada. Todo el amor que sentía se solidificó. Marco no quería su amor, no quería amarla. Ni siquiera quería probar.

Se puso en pie y retiró la silla.

–Gracias por mostrarme las fotos, por permitirme que conozca la historia familiar de nuestra hija.

–Dijiste que la familia era importante para ti –dijo él, y se puso en pie.

–Lo es. Y voy a regresar junto a mi familia, Marco. Junto a las personas que me quieren.

Él arqueó las cejas y la miró. Había terminado. Él

la estaba dejando marchar. Marco no la quería, no la amaba.

–Por supuesto, siempre os mantendré, a ti y a mi hija.

El bebé que no quería. La hija que no necesitaba. Si ella se centraba en eso en lugar de en el hecho de que él no quería recibir su amor, se mantendría fuerte y decidida.

–En ese caso… –enderezó la espalda y habló mirándolo a los ojos–. No hay nada más que decir, Marco. Excepto adiós.

Capítulo 12

MARCO no consiguió dormir bien la noche en que Imogen se marchó. Cuando regresó a su apartamento, vio que ella había recogido sus cosas y se había marchado. Él estaba convencido de que había hecho lo correcto al dejarla marchar. Su padre le había convencido de que eso era lo correcto, pero esa noche no había dejado de soñar con Imogen. En sueños, ella aparecía riéndose en la isla o mirándolo con deseo como en la noche de la fiesta, antes de que él le retirara el vestido dorado y pudiera contemplar su vientre por primera vez.

Al amanecer, ya estaba convencido de que se había equivocado. Nunca debería haber permitido que aquella mujer saliera de su vida. En realidad, su padre quería decirle que dejara atrás el pasado y mirara hacia el futuro con Imogen, y sobre todo, que se permitiera quererla.

Al aterrizar en Heathrow después de haber volado toda la noche Marco deseó llamar a su padre para agradecerle que le hubiera abierto los ojos ante algo tan preciado, pero no tenía tiempo para aquello. Debía ver a Imogen cuanto antes, así que, alquiló un coche y se dirigió a Oxford.

Una vez frente a la casa de Imogen, llamó al timbre con el corazón acelerado. ¿Y si ella no quería verlo? ¿Y si era demasiado tarde para decirle que la amaba?

Cuando se abrió la puerta, preguntó:

—¿Puedo ver a Imogen, por favor? —debía ser su padre, porque se parecía mucho a ella.

—Tú debes ser Marco.

—Así es. Necesito verla —dijo él, al ver que el hombre no se movía—. No debí permitir que se marchara. He sido un idiota.

—Al menos eres capaz de admitirlo —dijo el padre.

—¿Puedo verla? —preguntó de nuevo. Estaba a punto de admitir que era capaz de amar y tenía que encontrarse con un padre sobreprotector.

¿Y qué habría hecho él si hubiera sido su hija? ¿Habría dejado entrar al hombre que le había partido el corazón? De pronto, un fuerte sentimiento protector se apoderó de él. No permitiría que nadie le hiciera daño a su pequeña. Y menos un hombre como él.

—Señor Fraser, me doy cuenta de que he disgustado a Imogen…

—Eso, por decir algo —lo interrumpió el padre.

Él se pasó los dedos por el cabello y se volvió para mirar el coche de alquiler que había aparcado en la calle. Cuando se volvió de nuevo, una mujer menuda se había asomado a la puerta. No cabía duda de que era la madre de Imogen.

—¿Puedo ver a Imogen por favor?

—No está aquí todavía —dijo la madre, con una voz muy parecida a la de Imogen.

—¿Todavía? ¿Qué quiere decir?

–Esta noche llegará a casa. Tomará el último vuelo de Nueva York a Heathrow.

Marco suspiró aliviado.

–Iré a recogerla al avión –dijo él–. Y la traeré a casa –aclaró. Se despidió rápidamente y regresó al coche.

Una noche en un hotel económico de Nueva York y más de ocho horas de vuelo en clase turista había hecho que Imogen se sintiera muy cansada y sensible. Lo único que deseaba era dormir en su habitación de la casa de sus padres, donde todavía guardaba sus peluches. Al pensar el ello, sonrió y agarró la maleta para salir a la sala de *llegadas* del aeropuerto.

Nada más salir se fijó que un hombre dejaba su maleta y corría a los brazos de una mujer para besarla. Eso era amor de verdad, y ella confiaba en que algún día lo encontraría también. Sin dejar de sonreír, continuó caminando entre la gente. Entonces, lo vio.

Marco.

De pie frente a ella.

Él se había vestido con unos vaqueros y una camisa. Estaba muy atractivo y ella notó que se le aceleraba el corazón. Se detuvo y dejó la maleta en el suelo. Permaneció allí, mirándolo, sin atreverse a acercarse a él. La distancia parecía demasiado grande, y demasiado peligrosa para su corazón roto.

Marco estaba allí.

¿Había llegado a Inglaterra antes que ella? ¿Eso significaba que la quería? Vio que se acercaba a ella y no pudo evitar ponerse nerviosa al ver el brillo de emoción en su mirada. Había duda. Miedo. Y algo más.

—Imogen —dijo él, y se detuvo a pocos pasos de su lado.

—¿Qué haces aquí, Marco? —susurró ella.

—Te dejaste algo —dijo él, y se acercó un poco más.

Ella pensó en el anillo de compromiso que había dejado sobre la mesa antes de marcharse.

—No me he dejado nada, Marco —dijo ella.

Al ver que él se acercaba y le mostraba la caja con el anillo, suspiró. Al instante se percató de que la gente se había detenido a su alrededor, y todo el mundo miraba como él le entregaba aquel anillo precioso.

—Te dejaste esto.

Una mezcla de emociones la inundó al instante. Él estaba allí. Había ido a recogerla al aeropuerto, pero ella no quería el anillo. Solo quería oírlo decir dos palabras. Las mismas que ella deseaba decirle a él, pero que no se atrevía a decir por miedo al rechazo.

Ella negó con la cabeza, negándose a aceptar el anillo. Solo podía mirarlo.

—También me dejaste a mí —dijo él.

Ella lo miró y vio una chispa de humor en su mirada. Si él pudiera decirlo. Si él pudiera olvidar el pasado y permitir que el amor entrara en su vida.

Si él le dijera que la amaba, aunque fuera solo una vez, ella sería suya para siempre.

Marco deseaba gritar que amaba a aquella mujer. Sabía que, si no dejaba atrás el pasado, perdería a

Imogen para siempre. No importaba que estuvieran en medio de un aeropuerto, ni que la gente los mirara con interés. Debía decírselo. En ese mismo momento. Daba igual quién los estuviera mirando, quién estuviera escuchando cada una de sus palabras.

—Imogen —le agarró la mano izquierda y ella no se resistió. Le colocó el anillo en el dedo y vio que se le llenaban los ojos de lágrimas. Él tragó saliva y se arrodilló ante ella—. Imogen Fraser, te amo y quiero casarme contigo.

La gente se quedó en silencio y observó cómo ella lo miraba callada. Él deseaba que dijera algo, que aceptara su amor.

—Imogen Fraser, ¿me convertirás en el hombre más feliz del mundo y te casarás conmigo?

—No sé qué decir —contestó ella.

—Di que sí —gritó una de las personas que estaban mirándolos.

Marco no dejó de mirarla ni un instante. Había mucha tensión.

—Lo siento de veras. Siento todo lo que ha pasado, y si no aceptas no se qué voy a hacer porque estoy locamente enamorado de ti, Imogen.

—¿Y qué pasa con el bebé? —tragó saliva.

—Quiero a mi pequeña, porque es parte de ti.

—Y no es el hijo que querías, que necesitabas —dijo ella entre lágrimas.

—Eso no importa, Imogen. Me dijiste que estamos en el siglo XXI y cambiaré las normas. Nuestra hija tendrá derecho a ser heredera.

—¿Estás seguro? —preguntó ella.

—Nunca he estado tan seguro de algo en mi vida,

Imogen. Cuando te marchaste, fue como si alguien hubiera apagado las luces de Nueva York. Aunque todos los edificios estuvieran iluminados, yo solo veía oscuridad. Trajiste la luz del amor a mi vida, Imogen, y si no me quieres, mi mundo será oscuro para siempre.

Imogen respiró hondo y él esperó su respuesta. Ella le dio la otra mano y lo ayudó a ponerse en pie. Él la miró con esperanza. Entonces, ella sonrió y le rodeó el cuello, abrazándolo con fuerza.

La gente comenzó a gritar entusiasmada y él cerró los ojos aliviado, abrazándola más fuerte que nunca. La miró a los ojos y vio el brillo de la felicidad, pero sobre todo vio lo que no había visto hasta entonces: su amor.

—No vuelvas a dejarme, Imogen —dijo él, y ella lo silenció con un beso.

La gente empezó a aplaudir e Imogen se separó de él con timidez. Miró a su alrededor, y después a él otra vez.

—Te quiero, Marco Silviano, y mi respuesta es *sí*.

—¿Tu respuesta? —bromeó él, para rebajar la tensión del momento.

—¿A tu pregunta? —se rio ella.

—Ah, esa pregunta —añadió él, y se rio también—. Entonces, será mejor que te la haga otra vez, ahora que tengo testigos. Imogen Fraser, ¿me harás el honor de convertirte en mi esposa?

—Sin ninguna duda —se rio ella.

Él la besó de con tanta pasión que alguien les dijo que se alquilaran una habitación. Imogen se rio y él se separó de ella una pizca.

–¿Lo hacemos? –preguntó ella con tono provoca-tivo–. ¿Alquilamos una habitación?

–No. Le he prometido a tu padre que te llevaría a casa.

–No me importa dónde vayamos, siempre y cuando vengas conmigo –dijo ella, acurrucándose contra él y observando como la gente se marchaba después de saber cómo terminaba aquella historia.

Marco la besó en la frente e inhaló el aroma de la mujer que amaba, antes de mandarle un mensaje si-lencioso a su padre para agradecerle el hecho de que lo hubiera presionado con sus duras palabras. Sabía que había hecho lo correcto, y que por fin se había ganado su aprobación.

Epílogo

MARCO estaba esperando a Imogen en la playa, vestido con un esmoquin y sujetando unas copas de champán. Sonrió y, como siempre, a Imogen se le llenó el corazón de felicidad. Llevaban un año casados y tenían una hija preciosa que se llamaba Sofia. Marco la adoraba. Ese día, para su primer aniversario, Marco había llevado a Imogen a la isla, para estar a solas con ella.

Imogen lo besó en los labios y agarró una copa. No podía esperar para pasar la noche en la playa con él.

—Feliz aniversario —dijo él, y chocó la copa contra la de ella.

—Feliz aniversario —sonrió ella—. Espero que no tengas una multitud esperándonos. No me gustaría tener más vídeos virales sobre nosotros.

Ella no pudo evitar bromear acerca de la declaración de amor que él le había hecho en el aeropuerto. Marco siempre bromeaba diciendo que había pagado a aquellas personas para que lo animaran, pero ella sabía que no era así. El vídeo que alguien había grabado enseguida había llegado a todos sitios. Incluido el terreno laboral donde se movía Marco.

—No es exactamente una multitud —dijo él.

—¿Qué has hecho esta vez, Marco?

–He invitado a unos pocos amigos y familiares para que nos ayuden a celebrarlo.

–¿Unos pocos?

–Quizá alguno más –confesó él–. No hay nadie más en la isla, aparte de nuestros familiares y amigos, y están deseosos de ver dónde nos conocimos.

–¿Todos ellos? –Imogen pensó en su hija, a la que había tenido que dejar al cuidado de su madre. Era la primera vez que se marchaba más de una noche y le había costado mucho separarse de ella.

–Todos. Incluida la pequeña Sofia.

–Te quiero, Marco –dijo ella, y lo besó en los labios antes de mirarlo con una amplia sonrisa–. Es un gesto precioso y muy romántico –lo besó de nuevo, y estuvo a punto de derramar el champán cuando la pasión se apoderó de ellos.

Al llegar al restaurante donde todos los esperaban, Marco le dio la mano a Imogen. Nada más ver a Sofia en brazos de su madre, Imogen le soltó la mano y corrió hacia su hija. Él sabía que a ella le costaba separarse de la pequeña.

–Sin duda ha sacado la dulzura de su madre –le dijo a Marco su padre, mientras le tendía una copa de champán–. Espero que cuando tengáis un niño no sea tan cabezota como fuiste tú.

Marco se rio, consciente de que su padre estaba bromeando. Se había recuperado muy bien después de la operación de corazón.

–Todos los hombres de la familia Silviano son cabezotas, padre, independientemente de la edad.

–Es cierto –dijo el padre, y miró a Imogen, que estaba riéndose con Julie y su nuevo novio–. Tu esposa es una mujer maravillosa, Marco.

Su padre y él se llevaban mucho mejor desde que él había abierto su corazón a Imogen, pero Marco nunca había tenido la oportunidad de preguntarle por qué habían mantenido en secreto quién era su padre biológico. Él no quería volver a abrir el tema, para no regresar a tiempos complicados.

–¿Era eso lo que pensabas de mamá cuando le pediste que se casara contigo?

Su padre lo miró y después buscó a su esposa con la mirada.

–He amado a tu madre desde el primer día que nos conocimos, y seguí amándola después de que tuviera aquella aventura, incluso a pesar de que el niño que llevaba en el vientre no era mío. La seguía amando, y seguía queriendo casarme con ella. Al principio, nuestro matrimonio tuvo momentos difíciles, pero el amor que sentía por ella siempre fue más fuerte que mi orgullo.

Marco vació la copa y la dejó sobre una mesa. Se volvió hacia su padre y preguntó:

–¿Y yo?

–¿Tú? –su padre sonrió–. Tú eras un plus, a veces muy retador, pero siempre un plus. Eras el hijo que siempre había deseado. Solo que no me daba cuenta de que cuanto más te presionaba para que triunfaras, más te alejaba de mí. Todo lo que hice contigo fue por amor, hijo mío.

Imogen se acercó a ellos y la pequeña Sofia se acercó a su querido *nonno*. Marco observó cómo su

padre la tomaba en brazos y supo que el pasado ya
no importaba. Él tenía el amor de la mujer de la que
se había enamorado y una hija preciosa. Había recuperado la relación con su familia. No podía querer
nada más.

Agarró a Imogen de la mano y se acercó a hablar
con sus padres un instante. Después, en cuanto estuvieron a solas, la besó. Era un beso lleno de amor.

–¿Estás contenta? –le preguntó mientras la abrazaba.

–Sí. Tener aquí a mis amigos y a mi familia es una
gran sorpresa. Gracias. Aunque… –al ver que se ca-
llaba, él la sujetó por la barbilla para que lo mirara.

–¿Qué?

–Esperaba que pudiéramos pasar la noche solos
en la playa. A ver si podemos encargar un hermanito
para Sofia.

Marco arqueó las cejas.

–Eres muy mala, Imogen Silviano. ¿Cómo puedes
tentar a un hombre para que deje a sus invitados de
esa manera?

Imogen sonrió.

–Solo una noche. Tú, yo, la luna, las estrellas y el
sonido del mar.

Él la estrechó entre sus brazos. Tenía el corazón
lleno de amor por ella.

–¿Cómo podría resistirme ante esa propuesta? –la
besó en los labios, mostrándole el deseo que sentía
por ella–. Te quiero, Imogen. Te quiero mucho.

Bianca

**Es el padre del hijo que espera…
¡pero para ella es un desconocido!**

SU AMANTE OLVIDADO

Annie West

Pietro Agosti se quedó atónito cuando la apasionada aventura que había tenido con Molly Armstrong, una vibrante profesora, trajo consigo un embarazo. Por fin el implacable italiano iba a poder dejar a alguien su legado… hasta que un accidente borró la memoria de Molly y todos sus recuerdos desaparecieron.
No le quedó más remedio que ayudarla a recordar la intensa atracción que los había unido, y el hecho de que el bebé que crecía en su vientre era el heredero de los Agosti.

Acepte 2 de nuestras mejores novelas de amor GRATIS

¡Y reciba un regalo sorpresa!

Oferta especial de tiempo limitado

Rellene el cupón y envíelo a

Harlequin Reader Service®

3010 Walden Ave.

P.O. Box 1867

Buffalo, N.Y. 14240-1867

¡Si! Por favor, envíenme 2 novelas de amor de Harlequin (1 Bianca® y 1 Deseo®) gratis, más el regalo sorpresa. Luego remítanme 4 novelas nuevas todos los meses, las cuales recibiré mucho antes de que aparezcan en librerías, y factúrenme al bajo precio de $3,24 cada una, más $0,25 por envío e impuesto de ventas, si corresponde*. Este es el precio total, y es un ahorro de casi el 20% sobre el precio de portada. !Una oferta excelente! Entiendo que el hecho de aceptar estos libros y el regalo no me obliga en forma alguna a la compra de libros adicionales. Y también que puedo devolver cualquier envío y cancelar en cualquier momento. Aún si decido no comprar ningún otro libro de Harlequin, los 2 libros gratis y el regalo sorpresa son míos para siempre.

416 LBN DU7N

Nombre y apellido	(Por favor, letra de molde)

Dirección	Apartamento No.

Ciudad	Estado	Zona postal

Esta oferta se limita a un pedido por hogar y no está disponible para los subscriptores actuales de Deseo® y Bianca®.

*Los términos y precios quedan sujetos a cambios sin aviso previo. Impuestos de ventas aplican en N.Y.

SPN-03 ©2003 Harlequin Enterprises Limited

DESEO

Su voz le resultaba familiar, envolvente, sexy.
Pero no podía ser el hombre que amaba
porque Matt Harper había muerto.

El recuerdo de
una pasión

KIMBERLEY
TROUTTE

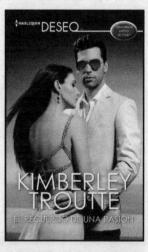

Julia Espinoza se había enamorado de Matt Harper a pesar de su reputación de pirata y del abismo social que los separaba. Pero había acabado rompiéndole el corazón. Había conseguido rehacer su vida sin él hasta que apareció un extraño con su mismo aspecto y comportamiento. Después de una aventura de una noche en la que la verdad había quedado al descubierto, la única posibilidad de tener una segunda oportunidad era asumiendo todo lo que los dividía.

Bianca

**De los *flashes* de las cámaras
al fuego de la pasión...**

MÁS ALLA DEL ESCÁNDALO

Caitlin Crews

Perseguida por los escándalos, atacada ferozmente por la prensa del corazón y sintiéndose muy vulnerable, Larissa Whitney decidió esconderse de los implacables paparazis en una pequeña y aislada isla. Pero tampoco iba a poder estar sola allí. Cuando menos se lo esperaba, se encontró con Jack Endicott Sutton... Le parecía increíble estar atrapada en esa isla con un hombre con el que había tenido un apasionado romance cinco años antes, un hombre por el que aún sentía una gran atracción y que sabía que la verdad de Larissa era aún más escandalosa que la que destacaban las revistas...